サタデーエッセー

冲方丁の読むラジオ

冲方　丁

JN030442

集英社文庫

目次

contents

Saturday Essay

サタデーエッセー

冲方丁の読むラジオ

Tow Ubukata's
radio reading

はじめに

本書は、NHKラジオ第一『マイあさ！』の「サタデーエッセー」のコーナーで、私が出演し、お話ししたことをまとめたものです。

私の本業は作家で、書き言葉を使う人間です。目と指で言葉をつづることが作家の仕事です。そんな私も、ときおりラジオやテレビ出演のような、喋《しゃべ》り言葉を使っての仕事を依頼されることがありました。そうしたお仕事を、きっと勉強になるだろうと思ってお引き受けするのですが、やはり耳と口で言葉をつむぐ仕事は何度経験しても慣れません。確かに刺激になるし勉強になるところも多いのですが、自分の素質を省みるに、喋り言葉で何かを表現することは、あまり向いていない、というのが正直なところです。

もちろん、私も執筆のために専門家にインタビューをしたり、書籍の刊行時などには逆に私がされたりもします。しかしそれらのインタビューは喋り言葉をもとに、最終的にかなり凝縮されて書き言葉に置き換えられます。そうしないと資料として役に立ちませんし、記事としても長々とした雑談めいた話を丸ごと読者に読ませることになってしまいます。

このように書き言葉を生業《なりわい》とし、喋り言葉での仕事は最小限にしたい、できればやりたくない、と常々思う私が、なんと、八年以上も長続きしているのが、サタデーエッセーのコーナーなのです。

これはひとえにディレクターのWさんの何ごとにも熱心なお人柄と、収録において上手にこちらをリードして下さる手腕が、私にとってかけがえのない学びとなっているからに他なりません。

そしてあるときそんなWさんが、八年余にもわたる私の拙《つたな》い喋り言葉を、実は「全て文字に起こしていた」ことを知り、仰天させられました。

記事や書籍にするといった目的があるわけでもなく、ただ記録し続けて下さっていたのはなぜか。その理由を問うと、「私の宝物ですから」とWさんは仰《おつしや》います。私は収録のたび、自分の喋り言葉の拙さに恥じ入るばかりなのですが、Wさんは、なんとか自分の考えや思いを伝えようと悪戦苦闘する出演者とその言葉に敬意を表し、記録して下さっていたのです。

私はそのことにいたく感激するとともに、書き起こされた文字を整理して一冊の本にまとめたいと思いました。私にとってそれが最も自然なことだからです。喋り言葉を自ら書き言葉に置き換え、当時の自分の思案を一つ一つ見直す。そして東日本大震災からコロナ禍を経て、私自身の物の見方がどう変化していったかを検証する。

そうして、Wさんから得た学びを形にすることで、恩返しをしたいと思いました。また、八年がかりの私の「ふとした思いつき」や「どうしても考えてしまうこと」が、願わくば、読者の方々においても、意外な思いつきのきっかけになったり、新たな考えの呼び水となれることを願っています。

一　人間の数え方　（二〇一四年六月）

あるときのことです。

編集者と一緒に書店様への挨拶のため関西に出張した帰りの新幹線の中で、ちょっと意外な話題で盛り上がりました。

たいてい、お弁当を食べているときなどは編集者と雑談になるのですけれど、そのときは「モノの数え方」のうち「生き物の数え方」って、どっから来ているんだろう？という話になったんですね。

ちょうど食事中だったため、私は「食べ残した部分を数えていたんじゃない？」なんて面白がって意見したものです。

たとえば、「一頭二頭」という数え方。これは食べた後、頭が残るからであると。動物の頭の骨そのものを調理することなんて滅多にありませんから。

食べ終えた動物の骨を片付けるとして、頭の骨っていうのは、もう明らかに個体がいたことを示してくれる。その頭蓋骨《ずがいこつ》を並べるだけで、何頭食べたかわかる。狩りで得た獲物を剝製にするときも、頭だけのものを壁に飾ったりする。

そういえば人間も「頭数がそろう」と言いますね、なんてことも話すうち、話が途切れたのですが、それからしばらくして食事を終え、ゴミをまとめているときに、ふと、では鳥は羽が残るので「一羽二羽」と数えたのでは？　などと思いましてね。

さらにいろいろな動物の数え方を頭の中で確かめたわけです。真っ先に出てきたのは魚の数え方。基本的には「一匹二匹」ですが、特に食用のものは「一尾二尾」と尾で数えると確かどこかの料理屋で教わった覚えがあります。

あれ？　これってやっぱり、食べ終わった後、尻尾がいっぱい残ったからじゃない？　何しろ魚は頭を食べてしまうものが多いので、残るのは尾だったんじゃない？

さっそく私がそんな思いつきを口にすると、とたんにまた話題が広がって、あれも当てはまる、これも当てはまる、なんて賑《にぎ》わったんですね。

たとえば食用限定の数え方で、もう一つ有名なのが「杯」です。カニ、アワビ、タコ、イカなど、食べるための売り物に限って「杯」で数えるんだとか。

カニと杯というのは、個人的には一番連想しやすい。カニの甲羅が器のようだから「一杯二杯」と数えたのではなかろうか。実際、甲羅に日本酒を注いで味わう方もいますし。

アワビは、貝殻を器に見立てたからかもしれません。

タコやイカは、体が袋状になっているからだと聞いたことがあります。私としては、もしかするとタコ壺《つぼ》の存在も関係しているのかもと想像が膨らみます。タコ壺にタコはほとんど一匹ずつしか入らないそうで、壺一つで一杯なのです。

また、「一匹二匹」という数え方、そもそもどこから来たんでしょう？

どうも諸説あるようですが、私がよく見かけるのは、もともと布の「対《つい》」を表していたという説ですね。

昔は強度を保つために、布を二枚重ねて一セットにしており、まとめて「一匹」と数えたんだとか。糸も昔は「絲」と書いたように、複数の糸をより合わせてすぐに切れないようにしたといいます。

話は逸《そ》れますが、「絆《きずな》」という字。なぜこれは「糸が半分」なのか？　きっと、糸が「絲」だった時代、二つの糸を互いに一本ずつ持って、より合わせて丈夫にするさまになぞらえて、絆を結ぶ、なんて言っていたんじゃないかなあ、なんて想像したものです。

それはさておき、「一匹」の語源にはまた別の説もありまして。

一つは、家畜を放牧したり追っかけたりしているときに、動物のお尻を見てですね、一匹二匹と数えたというもの。お尻は右側と左側がありますから、「合わせて一尻＝一匹」としたというんですね。

かと思えば、家畜のオスとメスの「つがい」を「一匹」と数えていた、なんて説もあるようです。となると「一匹オオカミ」というのは本来「夫婦のオオカミ」という意味になるわけで、つまりは「夫婦水入らずのオオカミ」であり、大変けっこうな、仲睦《なかむつ》まじいオオカミのことをいうんじゃないか、なんてことも食休みの話題になりました。

虫も「一匹二匹」ですが、やはりこれも売り物になるようなカブトムシとかクワガタムシになると、「一頭二頭」と数える。以前、虫好きの方に教わりました。また蝶々《ちょうちょう》は特別に全て「一頭二頭」と数えるらしく、私などは「一羽二羽」ではないのかと意外でした。どうやら人間にとって価値のある虫ほど「頭」で数えるようです。

そうした「数え方」のあれこれを考えるに、いろいろと合点するところがあったわけですが、ふとある疑問がわいてきまして。それは「人間の場合はどうなんだろう？」というものです。私たち日本人は、同胞である人間を、どう数えていたのか、と。

人間がいなくなってしまった後、つまり死んでしまってその亡骸《なきがら》も何もかも無くなった後、その人間が生きていた証拠を示しうる数え方はなんだったろう。

そう考えたとき、自然に思いついたのは、「名前」なんですね。

人間は、一名、二名、三名、とも数えます。

我々が死んだ後、残るのは名前である。

だから、「名前」で数えていたんじゃないか、みたいな話をいたしまして、けっこう盛り上がったものでした。

さらに今、こうしてお話ししながら思い出しましたのが、東日本大震災のときのことです。たくさんの方が亡くなられて、遺体が多く発見されたものの、名前がわからない方が相当数いらしたと。次から次に遺体が運ばれて体育館とかに安置されるんですが、そこで生きている方々がですね、とにかく必死になって、ご遺体の名前を確認しようとしたというんですね。お名前すらわからないのは可哀想《かわいそう》だと。なので歯医者さんを呼んで、歯型から誰かを特定したり、持ち物から何とか特定しようとしたりしたそうです。

そうして、名前がわかった方々から火葬に付した。お名前がどうしてもわからない方々は、ギリギリまで焼かずに安置していた。そんなお話を聞きました。

私たちにとって「名前」が奪われてしまうというのは、たとえ他人のことであってもショックで、どうにかして取り戻してあげようとするものなのだなと思わされました。しばしば事故の報道でも「何名が犠牲になった」といった言い方をすると思いますが、やはりそこに名がある、つまるところ人間が生きていた証拠がある、そんな気持ちが自然とわくからこその数え方なのではないでしょうか。

余談ですが名前にまつわる言葉も、たくさんあります。「有名である」「無名である」「汚名を着せる」「名誉を挽回《ばんかい》する」など。ざっと見ただけでも、「名前」をめぐる心の働きを示す言葉が、世の中にたくさんあることがわかります。

変に「有名」になろうとして悪いことをしてしまうなんていう動機の人もたまにはいますけれども、やっぱり自分の名前を大事にしているという点で変わりはない。

ただ、個人的には、多くの他人に自分の名前を知ってもらうよりも、それとどう向き合うかを考えるべきではないかと思います。

自分がこれだけは綺麗《きれい》にしようとするものとして自分の名前があるのか。はたまた重たくていやなものとしてそれをとらえている方もいるでしょう。

親から一字もらっている場合、素直に親への感謝を抱《いだ》ければいいですが、そうではない人もいると思います。親から名前を継ぐというのは洋の東西を問わないことで、たとえばロビンソンという名前は「ロビンの息子《サン》」という意味を持ちます。

人の名前はただ個人を識別するだけでなく、その人の家族や先祖といった背景を語るものともなります。もしそうしたことに不自由を感じている方は、「では自分にふさわしい名前はなんだろう」と考えることが、どう生きたいと思っているのかを自分に問う、良いきっかけになると思います。

どのような人間にとっても、その人にとって「一番近しい言葉」こそ「自分の名前」なのです。そしてそれは個々人の人生というかけがえのない物語のタイトルでもあるわけです。そんな思いがあるから、死後も残るものとして、人の数え方とされているのかもしれませんね。

なんてことを、新幹線でお弁当を食べながら、担当と盛り上がった次第です。

二　安心のかたち（二〇一四年九月）

東日本大震災からおよそ三年半が経《た》ちました。

当時、福島県の福島市に在住していたものの、幸いなことに私自身は、差し迫った危機に直面することはありませんでした。家が崩れることも、津波に襲われるといったこともなかったのですが、ライフラインと物資輸送の断絶から、避難を決めました。

特に、医薬品の欠乏を心配したからです。まだ幼かった長男の咳《せき》が止まらなくなっても、病院が開いているかどうか、薬があるかどうかわからない。またもしそのとき医薬品が間に合ったとしても、それ以後も同様である保証はない。

こうした状況で、大勢が同じ場所で踏ん張ろうとすると、それだけ物資が必要になってしまう。このため、避難できるのであれば避難しよう、ということになりました。

それで、寸断された交通網を乗り継ぎ、何日かかけて、北海道の母親と妹夫婦が住んでいる家まで避難したのですが、その過程で、いろんな人を見ましてね。

一番驚いたというか、今も記憶に残っているのは、「人がなにに安心を抱くか」ということ。とっさに私には理解できない行動をとる人たちがたくさんいて、なんでそういうことをするんだろうと、たびたび疑問に思わされました。

そしてよくよく考えると、なぜならそれが、その人にとって一番安心することだからなんです。

たとえば、まず私自身にとって最も落ち着く行動は、とにかく周りを見て歩くこと。避難経路にあるホテルに宿泊したときも、周囲にあるコンビニの品ぞろえとか、周りの住民の方々とか、泊っている避難者の顔ぶれとか、いちいち見て回るんですね。

そうすることで、状況をいち早く確認し、適切な行動をとることができる、なんて言い訳を自分にしていたわけですけれども、要は、そうしていると安心するわけです。

そういう、見張り役というか、偵察役みたいなことをして安心するタイプのことを、私はのちに「カラス型」と名付けました。カラスの群れには、しばしば見張り役がいるといいます。

そんなカラス型の私があちこちうろうろしているかと思えば、それとは全然違う行動で安心を求める人たちもいました。

驚いたのが、避難先のホテルの部屋に閉じこもったまま出て来ない人がいたことです。ただ出て来ないだけではありません。部屋の外にあるものを何でも部屋に持っていってしまうんですね。トイレットペーパーとかアメニティの紙コップ、あるいはサービスの水とかも大量に持っていく。

さらには、ホテルのものである台車まで自分の部屋に持っていって返そうとしないと聞いて、呆気《あっけ》にとられたものです。

悪意があって独占しようとしているのではなく、とにかく自分の部屋に物がたくさんあると安心するから、ついそうしてしまうのでしょう。

こういう人ほど、自分だけはいつでも逃げやすいようにしようとする。たとえば車も、駐車場の出入り口に一番近い場所に停《と》めたがる。そのために周りの人を追い払おうとしたりする。周りの迷惑よりも、自分の蓄えと安全を一番に考える。

こうした人を、私は「リス型」と呼ぶようにしました。

リスが巣を作るように、ものを買いだめするなどして、とにかく独占することで安心を得ようとする。震災後、火事場泥棒がたくさん出たといいますが、余震でぐらぐら揺れている中で危険を冒して倒壊した家の物を盗もうとするのも、利益を得ようというより、そうすることで安心を得ていただけではないのか、なんて思わされたものです。

かと思えば、そんなリス型と対極の、「ペンギン型」と私が呼ぶ人たちもいました。

当時、似たような境遇というか、同じく困っている人々が避難してくるわけです。そういう人たちが、ホテルのロビーなどに集って互いの状態を話し合ううちに、見知らぬ相手であるにもかかわらず、どんどん何かをあげてしまう。

特にびっくりしたのは、携帯電話をあげちゃう人がいたことです。落ち着いたら解約するから、あげるよ、なんて言って渡しちゃうんですね。

お互いを一体化させて、寒さから身を守ろう、危機を脱しようとする感じが、まさに「ペンギン型」といいますか。皇帝ペンギンの群れが身を寄せ合い、互いに盾となって寒さに耐える姿にそっくりだなと思いました。

そうすることで安心する人もいるんだ、と正直驚かされましたね。

また別に、私にはなかなか理解しがたい人もいて、つい心配になって声をかけた方々もいました。つながらない電話ボックスの前に、赤ちゃんを抱っこしたまま、ずーっと立ってるお母さんがいたんです。どうしたんだろう、なんかおかしいことがあったのかなって思うんですけど、要はそうしてると安心するからしいんですね。

本人も、なぜそれで安心しているかわからないんでしょう。でもそこにいると大丈夫な気がすると。それで、回線が途絶えた電話ボックスにしがみついている。

ホテルのロビーにもそういう方がいました。電波が届かず映らないテレビの前で、ずっと座っている。そのうち復旧されてテレビがつくのを待ち続けているわけですけれども。そうしたところで何が得られるかといえば、特に何もない。でも、彼らはそうすることで安心している。あるいは、そうせざるを得なくなってしまっている。

こういうのを、私は「コアラ型」と呼ぶことにしました。何かにくっついて、それにぶら下がっていると安心するからです。

ちょっと病的な感じがする方もいましたが、コアラ型の人たちにとっては仕方ないんでしょう。ある場所にじっと居続けることが何より安心を与えてくれるのでしょうから。

ただ中には、逆の意味で動けなくなる人もいました。

自分ではなく大勢の人の安心の源になるため、周囲の圧力によって動けなくなる人です。たとえば、歯医者さんとか看護師さんとかお医者さんとか警察官といった方々は、周りに安心を与える人たちなんです。そのため大勢が、その人たちに、いつまでも同じ場所にいてほしがっちゃう。

これはまさに「大木型」というべきで、大きな木が根を張っていると、地盤が安定して、土砂崩れなんかも起きにくくなる。そうした木がなくなると、それだけでコミュニティが崩壊するんじゃないか、と思われてしまう。

本当にそうかと疑えば、必ずしもそうでもないのですけれど、周囲から安心のバロメーターみたいにされてしまうんです。たとえば、「あそこの歯医者さんの先生が家族を避難させようとしている」といった噂《うわさ》が立つと、「このコミュニティは見捨てられて大変なことになる」なんて雰囲気が生まれてしまう。

だから動けなくなっちゃうんですね。

これはお医者さんとか警察官といった方々だけではなくてですね、コンビニエンスストアの店長さんとか、お米屋さんとか、流通を担っている人たちもそうなりかねない。

「あの店の家族が避難したら、食料が運ばれてこなくなる」という危機感を大勢が抱いてしまう。そうなると、商品が何もないガラッガラの棚ばかりでも、お店を開け続けていないといけなくなるわけです。

このように、自分や人が何に安心を求めているかが、良くも悪くも互いの人間性を作り出しているんだなと思わされたんですね。

ですからぜひ皆さんも、非常事態が起こったと想像してみて下さい。そしてそれがどんな事態であるかはさておき、自分だったら真っ先にこうするとか、自分はどうすると安心するだろうとか、シミュレーションすることで、「いざというときに自分がしてしまうこと」をあらかじめ把握できると思います。

そしてそれは必ず、自分が日々生活する上で、自然とやっていることに通じているんですね。こんな風に自分を知っておくことは、日常においても非常事態においても、けっこう大切なのではないでしょうか。

三 リーダーシップとVSOP（二〇一四年十二月）

本日は、最近よく仕事相手との話題にのぼる、「人材育成」についてお話ししたいと思います。

仕事柄、「新人の書き手はどういった訓練をすべきか」という話題も多いのですが、ときには「リーダーシップはどのように培うべきか」というお題で講演を依頼され、歴史上の人物を例に挙げてお話しする、といったこともあります。

とはいえ、私は育てるプロではないので、多くは「何を目標にするといいか」という話に終始することがほとんどです。その過程については、各自で考えて頂くしかない。

ただ、どのような職業においても目標とすべきことがらとして、私は「ＶＳＯＰ」という言葉を挙げています。

これは、かれこれ二十年ほど前、友人の父親で会社経営者の方から学んだことでして、その方いわく、「時間をかけてＶＳＯＰをそれぞれ伸ばしていくといい」と。

ＶＳＯＰとは、「Variety」「Speciality」「Originality」「Personality」の頭文字をとったものです。

二十年前は、へえー上手《うま》いこと言うなあ、なんて感心しただけなのですが、今になって確かにその通りだと思わされましてね。

まずVariety、バラエティですが、これはバリエーションを増やす。そして汎用性、多様性を獲得する。そのためには選択肢を増やすしかない。様々なジャンルに順繰りに挑戦し、異なる分野の方々から知識や技術や感性を学ぶことで、何かを制作したり販売したりするときの選択肢が増えます。

重要なのは、イエスかノーかではない、第三の選択を視野に入れることができるようになること。それがバラエティの力です。

過去に生まれた様々な発明、ヒット商品、アイデア商品といったものは、いずれも従来のイエス・ノーから逸脱し、第三の選択を発見できた人が作っている。これがバラエティの目指すところですね。

次のSpeciality、スペシャリティは、そのものずばりスペシャリストになることを意味します。専門性を磨き、その道の第一人者になることを目指す。

私も作家として、技芸を極めたい気持ちは強い方ですが、そのためにはどうすればいいか。バラエティと逆で、余計なことをしない。無限の選択肢の中から一つだけを選ぶ。それ以外は切り捨てて、一点集中することで力を最大限発揮し、研鑽《けんさん》に励む。

いわゆる「選択と集中」というやつです。これを成し遂げることによってしか「ブランド」は生まれません。自分の強みを徹底的に突き詰め、余計な要素を削《そ》ぎ落《お》とすことで、より他者に理解しやすく、魅力的で、かけがえのない何かを提供できるようになる。

具体例を挙げますと、私はデビュー当時、小説を五つの要素にわけて考えました。主題、世界、人物、物語、文体です。これらを全て同時に上達させるのではなく、一つずつ集中して学んでいったんですね。まずひたすら主題を突き詰めることに没頭し、何年も何十年も、繰り返し挑めるような主題を発見することを目標に執筆を心がけました。それが一段落したら、次は世界をどれほど複雑に描けるかに挑みました。そうしてある程度、満足のいくものが書けたら、今後は一作品に登場させる人物を可能な限り増やし、何十人でも書き分けられるようになるまで自分を訓練しました。さらにそれができるようになったところで、まったく異なる物語やシナリオを何本も並行して書けるよう訓練しました。そしてそれができるようになったところで、作品によってまったく異なる文体で書き綴《つづ》れるよう訓練をしたわけです。

そうして五つの要素とも満足いくようになったところで、再び主題に立ち返り、時代の変化と合わせて見つめ直す。このように一点集中を繰り返すことで、より強靭《きょうじん》な専門性を獲得することができるわけです。

三つ目のOriginalityですが、ここでいうオリジナリティは、一般的に知られている意味とはやや異なります。特定の技術や知識におけるスペシャリストになることとも違い、その人が常に回帰する原点、すなわちオリジンを発見することをいいます。

自分が生まれ育った郷土意識や、文化的背景、国民性、政治的志向、宗教観、常に原点として意識できるような感動の瞬間といった、その人をその人たらしめるもののうち、とりわけ武器になり、売りになり、他者を感心させる何かが、オリジナリティです。

自身を人格的、文化的、歴史的に「解剖」してみないと、どんなオリジンに辿《たど》り着くかはわかりません。なぜそんなものを発見する必要があるかといえば、自分のオリジンにそぐわないものは結局のところ全て付け焼き刃であって、「これが自分である」と他者を説得できないんですね。また、オリジンを知る人ほど、歴史的な何かを受け継ぐという大きな強みを持ちます。無数の人々が、これぞ自分のオリジンであるとして連綿と継いで栄えさせてきた何かに合流することで、個人ではなしえないような何かを得るわけです。

ですからここでいうオリジナリティとは、ある個人が誰にも真似《まね》できない斬新な発想をすることではなく、そもそもその人がどうしてそうした発想を可能としたのかという原点の力を発見し、それを永続的な強みとすることを言います。

それはたとえば、親が無意識のうちに子へと引き継がせた特定の価値観かもしれませんし、あるコミュニティにとっては常識でも、世界においては特異な何かかもしれません。

最後が、Personality、パーソナリティですね。

これは簡単に言ってしまえば、「人徳」です。何が人徳的とされるかは、それぞれの文化や時代によって微妙な差異がありますが、多くの場合、より広範囲に通用するものが尊ばれます。ここでいう通用するとは、他者に肯定的な感情を与えるということです。魅力的に見えたり、模範にしたいと思われたり、善なる何かを体現しているとみなされたりするわけですね。

歴史上、リーダーシップを発揮しようとする人々は、このパーソナリティに運命を左右されてきたと言っていいと思います。パーソナリティの面で信用を失うと、どれほど正しいことを主張しても従う人がいなくなってしまいます。

ではどうすればそうしたパーソナリティを獲得して、大勢を統率したり、導いたり、あるいは教育したりすることができるでしょうか。

あらゆる動機を他者に委《ゆだ》ねた上で、責任を負うということが必須になります。たとえば子育てがそうです。親が、自分は乗れもしない自転車をほしがる子にそれを与え、かつ子が自転車に乗って事故を起こさないよう教育し、さらに子が事故を起こしたときには責任を負います。損か得かでいえば、親にとっては損しかありません。しかしそれを損ととらえず、責任を負う存在として自分を位置づける。自分から進んで、責任を果たせるかどうか問われる身となる。そうしたことを繰り返し経験してきた方ほど、パーソナリティの面で信用を築き、様々な権限を担うことになります。

もちろん、やがて信用をもとに得た権限を濫用《らんよう》し、権力を振りかざすようにならないよう、私心を二の次にすることが、パーソナリティの維持に不可欠となります。人徳的とは、突き詰めれば、その人が素晴らしい何かになるのではなく、その人の周囲に素晴らしい機会や環境を与える態度をいうのだろうと思います。

ちなみに、私はこのVSOPという「四つの目標」に挑んだ人物として、高校時代、渋川春海《しぶかわはるみ》という江戸時代の碁打ちにして天文学者をロールモデルとしました。のちにこの方を題材として『天地明察』を書いたわけですが、普遍的で、専門的で、文化的で、人徳的であるとはどういうことか知りたかった、という点も、執筆の動機でした。

さておき、これらが私にとって今も目指すべき「四つの目標」です。日々、こつこつと自分を育てる上で、なくてはならないもので、自信をもって人に話せる数少ない話題の一つです。

ただし繰り返しますが、私は人を育てるプロではないため、こんな目標を意識すると良いといったお話はできますが、いつ何をどうすればいいかは、おのおので考えて頂ければと思います。

四　食と命　（二〇一五年三月）

本日は、「肉」の話をしようと思います。

先日仕事の打ち上げで焼き肉屋さんに連れて行かれまして、そこで、「今までに食べた肉の中で、一番旨《うま》かった肉は何か？」というお話になりましてね。

私の場合、ネパールという国で食べたヤギの肉が、最も強く記憶に残っています。

ご存じの方もいると思いますが、ネパールは、インドと中国の間、ヒマラヤ山脈、ブッダの生まれた土地、ということで有名ですね。

その地に、私は十一歳から十四歳の頃まで、父の仕事の都合で住んでいたんです。

当地に特徴的なお祭りはいろいろとあるのですが、中でも「ダサイン」というお祭りのことは、今も鮮烈に覚えています。

ドゥルガーという女神が、悪い神と戦って勝利したことを祝うお祭りで、毎年、独自の暦に従って九月から十月のどこかで十五日間にわたって実施されます。女神様に、穀物とかいろんな供物《くもつ》を捧《ささ》げ、幸運や健康をお祈りするんですね。

それで、私が十二歳の頃かな、そのお祭り期間のある日、友だちの家に遊びに行ったら、庭に白いヤギがつながれていました。そのヤギに、友だちと一緒に草をあげたりして遊んでいたんですが、ふいに大人たちが現れて、そのヤギを裏庭に連れて行ったんですね。

友だちが「見に行こうよ」と言うので、私はなんだかわからず見に行きました。そうしたら、大人たちがヤギをしっかり押さえていまして。そして一人が、ネパールの「ククリ」という彎曲《わんきょく》した鉈《なた》というか刀みたいな、非常に鋭利で頑丈な刃物があるんですが、それを構えて、慣れた様子でですね、ヤギの首を一刀両断にするのを見ました。

その日は、女神に家畜を捧げる日だったんですね。水牛、ヤギ、鶏とかを神様に捧げて、神聖なものにしてもらったそれらの血肉を食べるというものです。あるネパール人の方は、そのお祭りで家畜の血を車のタイヤにかけて浄《きよ》めないと、事故に遭いそうで落ち着かない、なんて言っていました。それだけ人々の心にも影響を与えるお祭りで、日本でいえば初詣の際にお守りや破魔矢を買う感覚と同じようなものだと思います。

ただ、当時の私はもう、ショックで固まってしまいましてね。

生まれて初めて、一頭の獣が屠《ほふ》られるさまを子細に見たわけです。ただ首を切断されたところを見ただけでなく、その後の解体のさまも友だちと一緒に、愕然《がくぜん》となって見つめていました。

庭に火を焚《た》いて、大鍋で沸かした湯を、ヤギの胴体に浴びせて毛をむしりやすいようにして毛抜きをしていましたね。そのあとククリで上手に皮を剝いでいく。それが終わると、腹を大きく裂いて内臓を取り出す。

現地の人たちはもう慣れてるというか、当たり前なことをしているわけですから、親切心で子どもたちにいろいろ見せてくれる。腸《はらわた》を取り出して裂いて中を綺麗にするところまで見たんですが、僕たちがあげた草が出てきたんですね。

「ほら、ヤギっていうのは消化が遅いから、こんなところにまだあるんだよ」なんて、いちいち説明してくれるんです。

とたんに私は耐えられなくなって、それ以上は見ていられませんでした。

そのあと家に帰ると、「もう絶対に肉は食べない」なんて、家族に断言しましてね。野菜しか食べない、と泣いて言い張ったんですけど。

でも数日経つと、十二歳の育ち盛りですから、肉が食べたくて仕方なくなります。それであっさり我慢できなくなって、夕食に出たお肉を食べました。それも供物のヤギのお肉を調理したものです。とはいえ、私が草をあげたヤギとは違う肉だったんですけれども、一口食べたときの、体中にしみわたるような味わいは、今も忘れられません。

ただ美味《おい》しいというのではなく、まさに「命をもらっている」という感覚に震えるほど感動しました。目の前で生きていたヤギが屠られて、自分たちのために食べ物になってくれた。そのことを残酷と思うのではなく、神聖な出来事であるという実感を得たのだと思います。

当時は上手く言葉にできませんでしたが、命を奪うことの罪悪感もふくめて浄めてもらい、自分たちの命をつながせてもらうことに感謝する、ということの大事さを深く理解させられた体験でした。

こんなわけで当時食べたヤギの肉が、最も美味しい肉だったと今も思います。

日本語で「いただきます」と言いますけれど、これは料理をしてくれた人への感謝だけでなく、穀物や家畜を糧《かて》とすることへの、自分とは別の命への感謝でもあるんだ、なんて当時子ども心に胸に刻んだものです。

そういえば日本でも、そうした試みがありますね。

小学校で豚を飼い、成長したら、みんなで食べる。命のありがたさを学ぶ試みについての記事をどこかで読みましたが、私はこうした施策に賛成です。

残酷だから見せないというのでは、命を奪う罪悪感を知らず、神聖な儀式を通して感謝の念を抱くことも実感できない。ひいては自分自身や他者の、つまり人間の命への実感も薄れるだろうと思います。

それよりも、牧場に行って牛を見たら、その牛が人間に乳を与えてくれたり、その肉が自分たちの食卓に並ぶのだと理解できる方がずっと良いのではないでしょうか。

たとえば乳牛の牧場では、乳牛同士、乳の出が悪くなると食肉に回されてしまうということをなんとなく理解しているといいます。自分たちの群れの一頭が運び出されると、二度と帰ってこないことを、牛たちもわかっているわけです。だから牛同士、悲しい儀式をやり始める。乳が出なくなった牛に対してアイコンタクトをしたり、触れたり、鳴き声をあげ続けたりする。彼らは決して物体ではなくて、感情を持った生き物なんです。

その彼らの肉がなければ、我々は生きていけない。彼らを犠牲にしているという自覚がなければ、我々自身の残酷さを知ることも、感謝の念を抱くこともありません。ひいては「食」の本質を知らないまま、「物体を口に詰め込んでいるだけ」になると思います。

もちろんショックを受けて、昔の私みたいに拒否反応を示すこともあるでしょう。けれども、それを乗り越えることの大切さもふくめて、子どもに体験させるべきだと思います。

いや、今の日本であれば、大人たちこそ、そうした機会を持つべきかもしれません。偽装牛肉問題なんてありましたけれど、どこどこ産かどうかといった商品の価値を意識するよりも、そもそもの命の価値を実感する方が深く食を味わえるのですから。

五　大人になるとき（二〇一六年一月）

本日の話題は、「大人と子どもの違い」についてです。

私たちは、いったいいつ大人になるのでしょうか？　今の時代と過去の時代と、どう違うのでしょう？

こうしたことを私がしばしば考える理由は、大きく二つあります。

一つは、娯楽作品における年齢規制です。「R－18」とか「保護者同伴」でなければ鑑賞を推奨しない、といった区分は、どうしても意識せざるを得ません。とりわけ映像が伴う作品は、どういった描写が、どの程度許されるのかを推し量りながら製作せねばならず、私が脚本を書くときなど、監督やプロデューサーに繰り返し確認するときもあります。

もう一つは、作中の登場人物が、「大人になった」ことをどのように読者・視聴者に実感してもらうか。

それまで未熟だった登場人物が、あるときから言動に変化を示すなどして、「誰々は大人になった、精神的に成長した」ということを表現するわけです。それで、どのような変化であれば大人になったことになるのか、舞台となる社会や時代に合わせて、一つ一つ考えねばなりません。

さらには、その登場人物が、周囲から「大人になった」と思われるのか、自身が「大人になった」と自覚するのか、という違いもはっきり示す必要があります。

そんなわけで、どういったときにそうした瞬間が訪れたか、様々な体験を聞いて回ったことがあるのですが、印象的だったのは、飲食に関わるものが多かったことです。

お酒は、法律で未成年は飲めないと決まっていますから、「お酒を飲めるようになった」という体験を通して大人になった、少なくとも成人したと実感する方も多いと思います。

ある人は、それまで自分の給料で行けるのは回転寿司《かいてんずし》がせいぜいだったけれど、カウンターのお寿司屋さんに行けるようになったときに、「大人になったなあ」と実感したと言います。

ヨーロッパの上流社会では、社交界デビューなんてありますね。ある空間に出入りし、そこで提供される飲食物を口にできるようになったことで、大人になるというか一人前になったとみなされるわけです。私はそういう場所に足を踏み入れたことはありませんが。

また別の話があります。私が小学生の頃、海外のインターナショナルスクールに通っていたときアメリカ人の友だちがいたんですが、その子が十四歳の誕生日にお父さんからジーンズのズボンを買ってもらったんですね。

彼の家族にとって、ジーンズのズボンというのは大人の象徴らしく、「これで大人の仲間入りだ」なんて言って友だちが喜んでいたのを思い出します。彼の周囲の人々も、ジーンズを穿《は》いているなら分別がついているはずだ、なんて言っていました。

さて、では私の場合はどうだったか。いろいろな段階がありました。

まず思い出すのは、十四、五歳のときに誕生日プレゼントか何かでもらった腕時計を手首にはめたときのことです。両親いわく、「これで時間を守ること、自分の時間を有意義にコントロールすることを覚えろ」と。

ただ嬉《うれ》しいだけでなく、たとえば学校に遅刻したりしたら、もう親は自分の代わりに謝ってはくれない、自分の責任だと思わねばならない、なんて覚悟したりしましてね。

ただまあ、今の私は、腕時計をつける習慣をすっかり失ってしまいましたが。

あとは、自転車に乗るのが当たり前になった頃のことが思い出されます。

自転車に乗れるようになった子どもは、もう親が足で走っても追いつけません。明らかに親の手の届かないところに行ってしまう。これもただ自由になるだけでなく、身の安全は自分で守らねばなりません。

こんな風に、親の庇護《ひご》から離れるだけでなく、自活するという意味で「大人になること」を私が意識したのは、十六歳のときのことでした。

父親が大腸癌《だいちょうがん》で亡くなったあとは、母親が私と妹の二人の子どもを育ててくれたんですが、あるときその母親から「家の財産を整理した」と言われました。

あれは、高校一年生の夏休みが終わり、二学期が始まってしばらくした頃のことだったと思います。母親が私の前に、百万円の札束を、どん、と置いて言うんですね。「これが、お前が高校生活で使える金だ。これ以上はない。これを、お前が持って行って銀行に入れてこい」と。

つまり、銀行の私名義の口座を作ったから、そこに入金してこいというのです。

百万円の札束を懐に入れたときの、ずっしりした重みは、今でも覚えています。

私は札束を封筒に入れると、銀行の通帳とハンコなどと一緒にジャケットの内ポケットに詰め込んで、その上から腕でぎゅーっと抱いてですね、一人で銀行に歩いて行って入金しました。

銀行の受付で、係の方が母親に電話をするなど確認したような、しなかったような、その辺りは記憶が曖昧《あいまい》なのですが、入金を終えると、今度は通帳とハンコを決してなくさず持って帰らねばなりません。

その往復の道のりが、私にいろんな意味で、「お金の重み」を教えてくれました。

むろん母親も、「これしかお金がないんだから、お前がどうにかしろ、私は知らん」という意図で私にお金を渡したのではありません。「お前はこれからこういうものを背負わなきゃいけない、こういうことを考えなきゃいけない」と、説明するのではなく自身の行動を通して私に理解させるためにそうしたのです。

お金をなくしたら高校に通えなくなるとか、誰かに奪われないようお金を持っていないふりをしなければとか、とにかく緊張しっぱなしだった当時の道のりが、私に「お金をただ持つのではなく、それを管理すること」を学ばせてくれました。

さて表現の話に戻りますが、このようにある人物が、周囲から大人とみなされるとともに、自身も大人になる実感を抱く、といったことを作中で表現する上で、私は「啐啄《そったく》同時《どうじ》」の描写を心がけることにしています。

これは卵の内側からヒナが殻をつついて破ろうとすると同時に、親鳥の方も殻の外側をつついてあげて、外へ出やすくすることをいう、ひいては教える者と教わる者が同時に努力するなんていう意味の言葉ですが、まさにそれが成長の核心だと思います。

大人が導き、子どもが追う。この関係を不幸にも持てなかった人というのは、他の人に比べて大きなハンデを背負っているのと同じです。私も十六歳で父を亡くしたものですから、自分が大人になるすべを求めて、ずいぶん苦労しました。

また、カウンターがある寿司屋にしろ、ジーンズにしろ、過去の大人たちが人生のマイルストーンとなる何かを用意してくれているわけです。

ですが現代では、そうしたマイルストーンの価値やあり方が、新旧入り交じるようになり、やたらと複雑になってきているように思います。古い保守的な考え方もあれば、いわゆる今どきの考え方もある。そのため基準が曖昧で、ある作品が大人向けなのか子ども向けなのかも、一部の人間が世間の様子を見て判断するしかありません。

大人と子どもの境界線を分厚くしたとも、曖昧にしたとも言え、そのため大人も子どもも惑わされることがますます多くなるでしょう。

いたずらに人を未熟者扱いせず、さりとて無理やり大人扱いもせず、いっそう正しく「大人になるさま」を表現し、そして適切に「子ども向けか大人向けか」を判断して書く。

そうしたことが、とりわけ必要な時代になったな、とそんな風に思います。

六　経験ってなんだろう？（二〇一六年四月）

本日は「経験」について、お話しします。

「これからはたくさん経験を積んでいかなければいけない」とか、「小説というのは、読者に追体験を与える装置だ」なんて言われることがありますが、そもそも「経験」とはなんでしょう。

たとえば「良い経験・悪い経験」という区別がありますけれども、私たちはどうやってこの良《よ》し悪《あ》しを判断しているんでしょう。

これは作家として私が長年思案しているテーマでして、まず経験というものを考えると、いくつもの構造に分かれていることがわかります。

まず、人の経験の根幹をなすのが、「体験」です。

これは五感で感じ取る全ての物事で、聞く、見る、嗅《か》ぐ、味わう、触れることで得た体験が蓄積され、そして他者と共有されることで、「経験化」されます。私はこの五感による体験を「直接的経験」と呼んで、他の経験と区別しています。

次には、「間接的経験」があります。主に伝聞で知り、確かであろうと判断する物事のことです。

たとえばトイレ。多くは、男子トイレと女子トイレに分かれており、どちらか片方しか知らない人が大半です。しかし人はなんとなく両方が似たような構造であり、多少の差異しかないことを理解しています。

また、地球が丸いとか青いとか、月は砂地だらけだといったことも、直接五感で確認していないにもかかわらず、様々な知識をもとに、そうであろうと信じています。

こうした「誰かが報告する知識」が、実は人の経験の大半であり、一人の人間が五感で確認できることなど、たかが知れています。何百年も前に誰かが発見したことや、無数の人々が五感で確認した物事を、あたかも自分で体験したかのように考えるのです。

たとえば私は日本語でこの文章を書いていますが、どの単語も私が発明したものではありません。文法を開発したこともなく、どうしてこのような言語になったのかという歴史も断片的にしか知り得ませんし、起源を知るすべとてないものの方が圧倒的に多いにもかかわらず、それでも母語として使うことができます。

これが「間接的経験」です。

そしていったん言語を習得すると、この「間接的経験」に基づいて判断し、行動することが当然となります。天気予報、交通情報、株価、政府の発表、町内会のお知らせ、セールや特売といった様々な情報をもとに生活を組み立てるわけですが、いずれも伝聞によるもので、実際に自分で体験するまで、それがどんなものであるかわかりません。

また「有名人」など、写真や映像でしか知らない人の実在も、人は信じます。会って話したこともないのに、そうした人々がコマーシャルに登場すると、商品の信頼性を保証してくれているような気にさえなります。

このように人間は直接確認できない物事についても、「間接的経験」を通して、確かなものとして受け取り、知識として蓄えるのです。

そしてまた、第三の経験があります。

私が「神話的経験」と呼んでいるもので、特定の人どころか、誰にも体験できない物事についても、人はそういうものだと信じます。

天国や地獄の物語、幸福を授けてくれるという品々、霊的な知恵など、実証することすら不可能であるにもかかわらず、自身の生活の基礎として、つまり経験の一つとして組み込んでしまうのです。

たとえば初日の出を「神々しい」と感じる方は、それが単に約三百六十五分の一の確率で遭遇する太陽の動きに過ぎないといったことは考えません。そこに意味を見出《みいだ》し、人生にとって重要な出来事として、自身の経験として受け入れます。

こうした神秘的な実感をもたらす「神話的経験」は、かつて自然と人間を結びつける重要な儀式を伴うものであり、今もその片鱗《へんりん》が社会に残されています。

さらに、人は第四の経験を発明しました。

これは実証不可能であるどころか、はなから万人が「現実ではない」と認識しているもので、私は「人工的経験」と呼んでいます。

小説や映画などの筋立ては、まったく現実ではありません。たとえ実在の人物や団体をモデルとしたものであっても、作品の中身そのものは架空の出来事に過ぎないのです。にもかかわらず、人はそれらの筋立てから、人生の教訓や、慰めや、生きるヒントを得ることがあります。誰も実際には体験できないのに、あたかも体験しうるかのような「疑似体験」を通して、現実では見出せなかった何かを得る。そうした経験もあるのです。

このように、人は、第一の直接的経験、第二の間接的経験、第三の神話的経験、第四の人工的経験の組み合わせを、「経験」と大まかに名付け、自身の人生の尺度や基礎にしているわけです。

このような複雑な経験をもとにして生きる人々であれば、どのような新しい思想も技術もまたたく間に受け入れてしまいそうですが、意外にそんなことはない、というのも面白いところです。

たとえば、「ワクチン」というものが発明されたとき、途方もないほどの抵抗が生じたといいます。有名なのは天然痘のワクチンですが、これを発明した人は、牛の天然痘からウィルスを抽出して人間に接種するという予防法を考え出したわけですね。

しかしこのワクチンを接種されれば感染を防げるという経験は、まったく一般的ではありませんでした。どれほど正しく実証してみせても、多くの人が信じなかった。むしろ牛からとったものを人間に植えつけるなんて、不潔だ、汚い、嫌だ、冒瀆的《ぼうとくてき》だ、人倫にもとる、といった激しい反応があったわけです。

これは、それまでの経験が強固に組み立てられているため、新しい発想を受け入れられなかった典型だと思います。免疫という考え方もよくわからないし、ウィルスがどうだのと説明されても、過去の経験の何にも基づかないため、受け入れることができない。

ついには宗教的な教義に反するとまで言われ、否定されてしまう。

政府はあまりに人々が拒否反応を示すため、最終的には法律を作り、天然痘ワクチンを接種しない者を法で罰する、ということまでやらざるを得なくなったといいます。

このような経験からの抵抗こそ、免疫の過剰反応といいますか、人の心がどのように成り立っているのかを物語っている、と個人的には興味深いわけです。

たとえどれほど科学的に正しくとも、旧来の四つの経験のどれにも当てはまらないものを、人は受け入れず、そのせいで社会全体が悲劇に突き進んでしまうこともあります。

人は誰もが、きわめて複雑な経験の体系化をもとに生きており、ときにそのせいで自縄自縛に陥ることもあるのです。

物語を作る側の経験からいえば、どんな経験も絶対的なものととらえれば、人は硬直するしかありません。ある経験を絶対視すれば、自分の人生を作るためであったはずの経験が、いつしか自分を縛り、正しい判断も行動もできない状態にしてしまいます。

　そして物語の書き手は、人をそのような状態から解き放つためにこそ、人工的経験を駆使しているのだと私は思います。現代の物語が担う目的の多くは、おびただしい経験の呪縛から離れ、直接的経験に人を立ち返らせ、五感で実感するその人固有の生へと意識を立ち戻らせることなのです。

　何かで悩んでしまったり、落ち込んでしまった人に対して、それらは実は経験のごく一部に過ぎないと示唆する。経験は間接的なものが大半であり、直接的経験である五感の存在を思い出してもらうために、多くの物語がある。

　身も蓋《ふた》もないことを言えば、あることにくよくよ悩んでいるときよりも、今にももよおしそうなのにトイレの前に並ぶ人の列がちっとも動かないときの方が、よっぽど深刻である。そう思い出してもらうことで、人の心を健康に戻すのが、「人工的経験」をもたらす物語の役割の一つだと私は思うのです。

七　美しいもの　(二〇一六年七月)

今回は、ちょうど今、文庫化の最中の「清少納言《せいしょうなごん》」について、お話ししたいと思います。

『はなとゆめ』というタイトルで、清少納言を主人公に書かせて頂いたのですが、私がこの人物に大変強い興味を惹《ひ》かれたのは、まさに「なぜ『枕草子《まくらのそうし》』を書いたのか」というエピソードなんですね。

清少納言が思いついて書いた、いわゆる随筆《エッセイ》の元祖のように国語の教科書などでは学ぶと思うんですけれども、実はそもそも、清少納言には、何かを書こうという気がまったくありませんでした。

むしろ、自分には才能がないと悩んでいた。清少納言のお父さんは有名な歌人だったんですが、歌才というのがどういうものかよく知っていたせいで、かえって自分にはそれがないと思っていたわけです。

そんな清少納言が、当時の帝《みかど》である一条帝の妃《きさき》、中宮定子《ちゅうぐうていし》に仕えることになるわけですけれども、何しろ自分には才能がない、華がない、機転も利かないと思っていたわけですから、ものすごい引っ込み思案だった、と清少納言自身は書いています。

そしてそんな清少納言を、中宮定子という方がどんどん引き上げていくんですね。文化人の才能を開花させ、ひいては宮廷の価値を高めることが、当時の帝や妃の役割の一つでもあったわけですが、おかげで清少納言も自分の力に目覚めていく。彼女なりの機転で、人々を驚かせたり楽しませたりするようになる。

そんな清少納言に、あるとき中宮定子が、帝からいただいた貴重で高価な紙を、どさっと渡す。平安時代の紙なんて、とても貴重な品です。中でも最高級のそれを、中宮定子から賜《たまわ》るんですね。

何を書け、とは言われないままに。ただあなたの自由な才能でもって何か書いてごらん、という感じで、白紙の束を渡される。そして清少納言は、ずうっとその紙をとっておいて、「あれを書こうか、これを書こうか、どうしよう、自分には何ができるんだろう」と悩み、しばらく何も書けずにいた。

そんな折に、中宮定子は政治的な争いに巻き込まれ、勢力を確立しようとしていた藤《ふじ》原《わらの》道長《みちなが》に追いやられていってしまう。特に中宮定子の兄、藤原伊周《これちか》という方は、藤原道長との政争に敗れ、京を追放されたりする。

一人残ってしまった中宮定子は、ずっと孤独に闘い続けるわけです。

そしてそんな中宮定子を支えよう、守ろうとして、清少納言はついに『枕草子』を書き始めるんですね。

題材は、中宮定子の華やかな人となり、あるいは雅《みやび》な生活で、その中に清少納言は独自の感性でもって見出したちょっとした笑える出来事や、人の価値観、あるいは「これがいい、あれがいい」といった物事の美感、あるいは美学を書き綴っていく。

その目的は、あくまで清少納言の自意識の発露ではなく、中宮定子というあるじを、守ろうとしたことにあります。没落していく中宮定子に、それでも仕える、自分の才能を見出してくれた人への恩返しとして書く。

清少納言は最後まで、中宮定子の哀《かな》しい出来事や辛《つら》い物事というのを一切書かず、幸せで華やかで明るい面を徹底的に書き残していくんですね。

そのことを初めて知ったとき、私は真っ先に『アンネの日記』に似ていると思いました。

四面楚歌《しめんそか》で、周りは恐ろしい敵だらけ。絶望的な状況に追い込まれるばかりだけれども、最後まで人間性を尊び、自分たちの幸せの価値を伝え遺《のこ》そうとする。決して、恨みつらみや呪詛《じゅそ》を遺すのではなく。

そうすることで、本当に、なんていうんでしょうね、自分が信じたものを後世に遺せるという確信があったと思うんですね。清少納言やアンネ・フランクには。

私自身も、人間ですから、いろんな作品を書こうとして、真っ白な画面に向き合った際に、負の感情がわき出てくることもあるんです。

世の中の、やるせないこと、許せないこと、忌まわしいことを、つい書いてしまおうなんて思うこともあるのですけれども、そういうときにストッパーになってくれているのが、清少納言やアンネ・フランクといった、人間の価値というものを信じ続けた人たちが遺してくれた言葉なんですね。

そういう人たちに自分も倣《なら》いたい。そう思わせてくれるというのは、今の世で本当にありがたいことなのだなと、つくづく感じます。

とりわけ昨今はＳＮＳをはじめとして、いくらでもメッセージを発信する手段を万人が得ることになりました。平安時代のように高価な紙を与えてもらう必要もありません。しかしだからこそ、遺される言葉というものを、やはり考えたい。『枕草子』などは「こういう文章だから、千年もの時を超えて遺るのだな」と思わされる。

無駄がないとか、機知に富むとか、技巧を凝らしているとかいったことではなくて、その根本的な執筆の姿勢そのものが、美しくて尊い何かを後世に遺したいという思いが、多数の共感を生んだのだと思うのです。

今回の文庫化の作業を通して、そうした姿勢を改めて学ばせて頂き、千年前に実在した人物に感謝したい思いでいっぱいなのです。

八　便利な道具　（二〇一六年十月）

本日は、便利な道具である「文房具」について、お話ししたいと思います。

作家と文房具というのは、切っても切れない関係にあり、私も以前は、ちょくちょく文具店に足を運び、これがあると仕事がはかどりそうだとか、筆記具をそろそろ新しいものに変えようか、などと楽しく品定めをしたものです。

それが、いつしか全てが電子化されまして、ついにはiPad Proとスタイラスペンという道具に集約されてしまうに至りました。

スタイラスペンというのは、電子画面に書きつけることができる電子式のペンと言えばわかりやすいでしょうか。とにかく、普通に書けてしまう。紙にペンで書きつけるのと、ほぼ似たような書き味になる。

さらに、香港の大学生が開発したという「Good Notes」というアプリを導入しまして、これがまた格別に便利なのです。

小説の原稿は、例外なくゲラというものになります。本にする前の、赤ペンで校正を入れたもののことなのですが、このゲラがですね、かつては何百枚も送られてきたわけです。直せば直すほど増えるわけですから、一冊の本を出すまでに、何百枚どころか何千枚も紙を消費しかねません。

そしてそんな校正作業において、一枚として紙を使う必要がなくなったのです。まさに画期的な技術発展であり、おかげで紙の重さで鞄《かばん》が壊れるということもなくなりました。あらゆる意味で経済的で、環境にも優しく、校正原稿をシュレッダーにかけて燃えるゴミとして大量に出す必要もなくなりました。

さらに、グーグルマップやウィキペディアといったアプリやサイトの発達により、ここでも紙の資料が激減しました。

かつて大阪の地図をコピーし、切り貼りして資料としたものですが、今ではグーグルマップの画面を、ぱっと保存してしまえば、いかようにも電子画面上で加工できます。ある土地の構造も、川がどこまで達しているかも、いちいち調べる手間が省けます。

むろん、電子メールのやり取りは、過去の連絡手段に比して大変効率的ですし、スケジュールを整えることが素晴らしく容易になりました。

インターネットの検索機能も進化を遂げており、今ではどの施設にどんな記録があるか、検索すればすぐにわかるようになっています。

ことほどさように便利な世の中となれば、当然、創作意欲もいよいよ刺激され、充実した執筆の日々を送ることができるに違いありません。

そう信じて執筆を続けるうち、ふと、「何かがずいぶん変わった」という実感がわくようになりました。その「何か」がなんであるか、だいぶ漠然としていたのですが、あるときはっきりと、こう思ったわけです。

「何もかもが、以前に比べて、とんでもなく忙しくなった」と。

たとえばメールですが、それまで一人の相手につき一日に二度か三度、やり取りできれば十分と考えていたのが、誰もが移動中でも返信できる、ちょっとした隙間《すきま》で一言返せるとなると、同じ人から五つも六つもメールが来るわけです。それに律儀に返事をしたり、別の件を持ち出したりすれば、当然その数は倍々に増えることになります。

このキャッチボールだけでも、とてつもなく忙しくなってしまいました。

さらに電子画面上のスケジュール帳というのがまた曲者《くせもの》で、それまで手帳に予定を書きつけていたんですが、当然ながら無限に書き込むことはできません。だいたい一コマに用件を一つ書き込めば、次のコマに移るということをしていたところ、電子画面上では時間を無限に細分化することができてしまいます。

そのため気づけば一日のうちに、めいっぱい用件を詰め込むようになり、このままでは心身がおかしくなると思い、慌てて一時間当たりの用件の数を限定したものです。

かつて軍隊用語で「死活時間」というものがあり、ちょっとした無駄な時間をかき集めて、ひとまとまりの有意義な時間に変えることが推奨されたと聞きます。しかしそれが電子機器によって自動化されるや、人の心身を極限まで疲弊させかねない、まさにこちらの「死活問題」となるほど、効率という名の時間的な酷使が始まるわけです。

こうして私は、自分が「便利さの落とし穴」にまんまとはまっていたことを実感いたしまして。ミヒャエル・エンデの『モモ』という作品に「時間どろぼう」という存在が登場しますが、まさにそれだと思いました。

仕事を効率化することにより、自分自身の生活をも効率化させられた結果、どうでもいいメールの返信などに時間を搾り取られていたことを自覚したわけです。

こうなると、年末も年始もありません。デジタルデータ上では日付けなど記号に過ぎませんから、十二月三十一日に送られ、一月一日に返さねばならないファイルなどが平気で画面に並んでしまいます。無機質な記号の塊《かたまり》が、人生の区切りも何もかも破壊してしまうことを大いに痛感しました。

かといって、今の電子化された仕事のやり方を、元に戻すことはできません。今さら紙の束を送ってもらうとか、手紙で返事を書くとかいったことをすれば、非効率過ぎてかえって自他双方の対応が難しくなります。

となれば、「自分の時間を取り戻す」すべは一つしかありません。

それまでアクセルしか踏んでいなかった効率化のあれこれに対し、ブレーキを踏んで、あえて遅らせたり、間を取ったりするのです。

メールが送られてきてもその場で返信せず、「メールを読んで返す時間帯」を一日のどこかに固定し、その時間帯で対応できないものは次の時間帯に回す。

原稿を書き終えたからといって、即日、次の原稿をスタートさせず、いったん間を置いて今後の進捗《しんちょく》を思案する。

大量の資料や史料のデータを集めることが可能ではあるけれども、特に信頼できるものにのみ集中し、どこかにあるかもしれない似たようなものには必要以上に意識を向けない。

つまり「効率化による無駄」を洗い出して排除し、本当にやるべきことにだけ専念するよう心がけたわけです。

かように「便利な道具に、便利に使われない」ための知恵もまた、これからの時代ではいよいよ必須のものとなるのだろう、とつくづく思う昨今なのでした。

九　約束されたレール（二〇一七年二月）

さて本日は、「自分」というものについて、改めて考えさせられることがあり、それについてお話ししたいと思います。といっても私の身に何か起こったわけではなく、ただニュース記事を読んで、いろいろと思うところがあったわけです。

まず『東洋経済オンライン』さんで、東芝と日立で改革に差が出たのはなぜか、という記事を読んだんですね。

記事では、社内の権力闘争というんですかね、出世主義がまかり通ってしまい、誰もが自分たちのポストを守ることや、出世をすることの方が大事になり、肝心の改革がうまくいかなくなってしまった、と書かれていました。

一方、別の記事では、様々な誹謗中傷《ひぼうちゅうしょう》を綴ったニュースサイトの中身が実は全部デマで、運営していたのは二十五歳の日本人男性だったことが判明したとありました。運営の目的というのがまた驚きで、政治的な意図はなく、ただ広告収入が欲しくてやったと言うんですね。広告収入を欲した理由も、就職活動に失敗したからだと。

この二つのニュース、どうも私には、まったく同じことを言っている気がしました。

一方は出世ゲームをずっと続けていくうちに企業の一員としての本分を見失ってしま

った。一方は就職に失敗したから他者を攻撃することでお金を稼いでいた。

どちらも、ずっと学校などでの競争に勝ってきたような人々に特有の振る舞いだなと思ったんですね。頑張れば必ずご褒美がある。次から次に約束されたレールが用意される。そうしたことが当たり前になると、ただそのご褒美に与《あずか》れるか、レールに乗れるか、ということばかり考え、そもそもの目的が見失われてしまうわけです。

ご褒美とレールがある限り、企業価値が下がるのも平気ですし、もしそれらがなくなれば、手っ取り早く代わりの利益が得られる何かを探し、手段を選ばずやってしまう。

先の二つの記事は完全に地続きの話題であると考えたとき、ふと、そういえば昔、こんなことを親や周囲の大人たちから言われたなと思い出しまして。

「やるべきことを、やりなさい」と。

人に言われてやる、あるいは、自分がやりたいと思ったからやるというのは、どれもなんと言いますか、本当に大事なことではないと。むしろ、苦しくても、嫌でも、自分が何者であるかを示すような、自然と浮かび上がってくる課題に、意識を向けなさい、と言われたわけです。

当時、私は十四歳で、父の仕事の都合でネパールに住んでいて、現地のインターナショナルスクールに通っていました。

その学校で言われていたのが、十四歳になったら大人としての分別を学ばねばならない、ということ。その学校は小学校から高校まで合体していたので、その辺りの年齢から上は、責任ある行動を求められていた記憶があります。

責任というと日本ではルールを守らせるという風にとらえられがちだと思うんですけれど、そうではなく、「あなたのマストは何だ」と、先生方や大人たちが訊《き》いてくるんですね。自分にとって今最もやるべきことは何だ、それがどう将来につながるのかと。日本の学校ではあらかじめ答えがあって、その達成のために真面目に慎ましく生きろという風に教育される方が多いと思いますが、私が受けた教育では、「自分で考えろ」と十四歳から言われるわけです。

自分が、強い使命感をもって果たさねばならないことのために、能力を培う。そしてそのためにより自分に適した学校を目指す。適切な企業に就職する。そうして最適な機会を得るのだと。

様々な体験を通して、自分自身というものを理解し、発見し、育てる。それらを自分でできるようにならねばならない、というのが「責任ある行動」だとされていました。

私は当時、学校の成績はけっこうよかったはずなんですが、そうするとすぐ先生から「君は今回のテストで良い点数を取ったし、どうやらこの学年で学ぶことは身につけたらしい」と言われ、学科ごとに、ぽんぽん飛び級させられてしまうわけです。

おかげで、数学は十年生、文法は七年生、体育は九年生、理科と歴史は八年生というように、学科ごとにクラスどころか学年が異なり、常にギリギリついていけるような状態に置かれるわけです。

成績が良ければ、ただ誉《ほ》められるのではなく、新たな環境が用意されることが当たり前でした。そして、「自分のやるべきことを、ちゃんと見つけなさい」と言われる。

当然ながら、「周囲に合わせる」という意味が、日本の教育とはまったく違います。自分より三つも四つも年上と一緒に学んだり、逆に年下だらけのクラスで学ばなければならなかったりするわけですから、「周囲と自分は違う」ことが当たり前でした。

そこで私が得たのは、自分自身を定める意思と力です。自分は今、これをやるべきことと定め、その進捗次第では、別の選択肢を得られる、といった意識ですね。それは間違いなく今でも私の人生の根幹を支えてくれています。

他方、私が日本式の教育を受けて思ったのが、この社会では、個人が勝手にやるべきことを決めてはいけないらしい、ということでした。本来そうではないはずなのに、あたかも個人の自由意志も選択肢も存在しないかのような教育の仕方には、ずいぶん不条理な苦痛を覚えさせられたものです。

それでも日本という国を支えてきた教育制度なのだから、それなりに価値はあるのだろうなんて思っていましたが、どうも近頃は悪しき面がどうしても目についてしまうんですね。それも教育現場でのことではなく、そうした教育を受けた結果、何かに陥ってしまう人や組織を見るにつけ、「そういう風に教育されてきたんだろうなあ。本人もどうしようもないのかもしれない」と思ってしまうわけです。

最初から「自分はこれをやるべきだ」と自覚し、「いずれこれを成し遂げるために研鑽する」といった意識がなければ、ただ周囲の状況に合わせた受動的な態度ばかりが身についてしまいます。

周りがやっているんだから、これがここでの常識だから、と疑いなく合わせてしまう。最近、「post truth」なんていう言葉が流行し始めていますが、「真実以後」という、いかにもおかしな言葉がいやにリアルになってしまっているのも、都合の良い嘘《うそ》に合わせた方が楽な人が、相当数いる、ということを意味しているのだと思います。

とりわけ、自分がやるべきことを考えもしなかった人たちや、産業構造の変化のせいで職も人生の目的も奪われてしまった人たちにとって、なんとなく一体感を覚えることができる組織や空気は、とても心の支えになると思ってしまうのでしょう。

なんとなく一致団結しているように見える空気の中にフラフラと入っていって、そこで何が行われているのか、どんな意味があるのか、よくわからないまま、周りに合わせることで安心を覚えてしまう。

そして最も大きな問題は、やるべきことを知らない人ほど、やるべきでないことに関する想像力も低いということです。

結果、自分たちの足元自体が崩れ去ろうとも、誹謗中傷で命を絶ってしまう人がいたとしても、まったく意識に入って来なくなるわけです。それよりも、周りの物事に従うことを「やること」と思い込み、ご褒美とレールが用意される方を選んでしまう。それが「やるべきでないことかどうか」と考えることもやめさせられているわけです。

そうなれば自尊心も、いよいよ希薄になるでしょう。人は自尊心が不足することを嫌がりますから、なんとか補おうとします。

みんな同じなんだから、暗黙のルールを守っていることの何が悪い、という態度で自分を守ろうとする。むろん、それでは自尊心は満たされないわけで、いつまでも確信が持てないまま、漠然とした不安がつきまとうことになります。

他方で、勝手に自分のマストを決めてしまう人ばかりだと、社会が混乱し、無秩序になるのではないか、といった意見もあります。日本社会はとりわけそうした意見が強いという印象です。

しかし私が今まで知る限り、自分のマストを、やるべきことを決めた人ほど社会に貢献し、新たな時代を生み出す力を発揮します。

どれほど批判されようとも、他者の追随を許さない成果を出し、無用な競争や軋轢《あつれき》というものを越えて万人が共有できるような何かを生み出してしまう。研究者、スポーツマン、経営者、政治家、ジャーナリスト、芸術家などの分野では、周りに合わせてやってきた人たちと、自分の道を見出して邁進《まいしん》してきた人たちとの差は、明白だと私は思います。

やはり、自己自身を見出し、使命感をもって人生を賭けていく人たちが、社会を切《き》り拓《ひら》いてきたのだと思いますし、社会に豊かさや安定がもたらされるのも、結局のところ、そうした人たちがいるからこそではないかと思うのです。

十　フィクションってなんだろう？（二〇一七年五月）

本日は、私の職業でもある「フィクション」について考えてみたいと思います。というのも、近頃、おかしな言葉が流行《はや》っておりまして。

耳にされた方もいらっしゃると思うのですが、「フェイク」という言葉です。某国の大統領からして「おれを批判するニュースはフェイクだ」などと叫ぶものですから、呆気にとられてしまいます。

実際、インターネット上のおびただしい情報に、多数の「フェイク」が混じるようになりました。かと思えば、ある人のちょっとした勘違いがインターネット上で拡散されてしまい、「フェイクを広げた」などと批判されたりもします。

あたかも「フェイク」という言葉自体が導火線の火種となって、あちこちで爆発を起こしているようにも思えます。そういえば「炎上」という言葉も、気づけばすっかり一般化しました。

こうしたことの根本には何があるのでしょうか？

一般的に、人が神経質になり、急激かつ過剰に反応するのは、大きなストレスを抱えているときだと思います。では、かくも大勢を支配しているストレスのおおもとはなんだろうと考えますと、そもそも「フィクション」に関する備えと言いますか、とらえ方がおかしくなっている気がします。

どうも、「人は現実の上に立っており、そこへたくさんのフィクションが流れ込んできて、人は現実をもとにそれがフィクションであると判断している」という考え方をしている人が多いのではないでしょうか。

現実が主で、フィクションが従、とでも言えばわかりやすいかもしれません。

ですが、これは実際のところ逆なんですね。

たとえば「今日のお昼ご飯は和食にしよう」と思ったとします。それが実現するまで「お昼ご飯は和食」というのはフィクションに過ぎません。現実に起こっていないわけで、当人が頭の中で考えているだけです。

なのに人は自分の頭の中に現実があると思ってしまいます。フィクションに過ぎないのに、実現して当然と考えがちです。うっかり電車に乗りそびれただけでも、「予定が狂ってしまう」などと言って慌てるわけです。予定というのはただの空想に過ぎないのに、実現できなかったことが不条理に思えて怒ったりします。

恋愛もそうでしょう。二人がそれぞれのフィクションを作り出して互いに現実にしようとするわけです。そもそも頭の中にあるものは全てフィクションで、実現するとは限らないということを理解していない人ほど、「なぜ私の思いは成就しないのか」なんて恨みを抱いてしまう。

ですが、人が作り出すフィクションのほとんどは実現しません。自分がお金持ちだったらなあ、背が高かったらなあ、顔がこうだったらなあ、スポーツ選手になりたかったなあ、などと多くのフィクションを日々頭の中で生み出しては、実現していないことを思い知らされるのです。あるいはまだ実現していないからこそ、「ではどうすればいいか」という、より実現する可能性がありそうな「精度の高いフィクション」を作る必要に迫られます。

これが人と動物の違いであるとも言えます。人はたくさんのフィクションを元にして、少しずつ現実を作っていく。そういう生き物なんです。

では人にとっての現実とは何でしょうか。

これは五感、すなわち肉体で認識できるものだけです。今何を見聞きしているか。暑いか寒いか。空腹かどうか。それが現実です。「ああ、幸せだなあ」といったいわゆる「実感」も、結局はフィクションの産物に過ぎません。あるいは、十分に休養できたとか、お腹《なか》いっぱい食べたとか、信頼できる人に寄り添ってもらえて安心を覚えるといった、肉体的な満足を、幸せという言葉に置き換えているだけです。

また「真に迫っている」なんて言葉もありますが、これも「実感」に過ぎません。いかにも現実のように思えると言っているわけですから、当然それ自体がフィクションです。

そしてこうしたフィクションは、大勢で共有することができます。多くは誰かが経験したことを、あたかも自分も経験したかのようにして共有されます。「青い地球」という言葉も、様々な画像や映像などといった「証拠品」と突き合わせて、それが実在するものであると認識します。実際に地球を外から見たことがないのに、信じていいと判断する。

電車の構造と機能を完璧に知り尽くした上で乗車している人は、ごく僅《わず》かです。なぜそれが動き、どれほど安全なのかも、実はよくわからず利用しています。ただ、過去の事故の事例をなんとなく把握し、自分はそんな目に遭わないだろうと無根拠に信じることができてしまう。

こうした人の特性がなければ、あらゆる発明が無駄になったことでしょう。全員が同じだけの知識を得るのを待っていては、文明は先に進みません。強い共有の力、よくわからないのに信じてしまえる力があってこそ、「便利なもの」が普及するわけです。

しかしたとえば「敵国が作ったものは信用できない」なんて言い出すと、それがどれほど便利でも、ある地域には普及しなかったりします。

さて、さらに人が作り出すフィクションには、ある大きな特徴があります。

それは、いくらでも改変することが可能である、ということです。

むしろ、目まぐるしく変化する現実に適応するために人はフィクションを生み出す力を発達させたとも言えます。船の船長が、刻々と状況が変わる海原を航海する際、常に針路を確認し、修正し続けるのと同じです。

この、強い共有の力と、改変可能なフィクションの特性を理解した上で、堂々と悪用し始めた、もしくは政治的・商業的に活用し始めた人々が大勢いる。しかもインターネットという情報革新を経て、万人の日常にそれが影響を与えるようになった。そうしたことが今の時代、私たちが受ける最大のストレスになっているのではないでしょうか。

私たちは、いちいちフィクションの真偽を確かめていられません。何しろ膨大なフィクションを共有しながら生きているわけですから。

なのにそこへ、「電波を浴びると危険である」とか、「ある地域でとれた水には抗がん作用がある」などといった根拠のない理屈を放り込まれると、本当にそうか考えねばならないという労力が生じます。しかも、インターネットを通して次々に信じる人が増えると、信じないようにする労力も、信じ込んでしまった人と議論する労力も加わります。

極端におかしな理屈であるならまだしも、テクノロジーや金融や政治といった、高度な専門知識がなければ判断できない話題ともなれば、信じるか信じないか、さもなくば知らなかったことにするか、注意深く考えねばなりません。

仮想通貨に投資すればどうなるかといったことは専門家ですら意見が分かれるのです

から、素人は簡単に騙《だま》されてしまいます。

また共有する力は、人に集団的な行動を促します。より大勢に自分たちの考えを吹き込もうとするだけでなく、そのための組織やネットワークや様々な団体を作るのです。そうされると、大勢にとって無視することも困難になってしまいます。

無視できず、何がミスリードかもわかりません。ミスリードというのは、ミステリー作品などで、読者を驚かせるため、わざと正解とは異なる考えを抱かせることを言います。犯人捜しなどで、わざと犯人らしい怪しい人物を設定し、本当の犯人を隠すわけです。あるいはホームズの相棒ワトソンのように誤った推測を口にする者をわざと置いておく。

現実でも、同様にミスリードされている可能性があるとなれば、いちいちなんでも検証する必要に迫られます。いずれ、そうした検証を専門にする職業がたくさん現れるでしょうが、今度はそうした専門家を信じるかどうかという堂々巡りの思考になります。また、現実のワトソンが良心的な人間とは限りません。平気で嘘をつく、とんでもない権力の持ち主が何人も現れたりすれば、一般の人々はなかなか逆らえず、必死に抵抗しても、嘘で押し切られてしまうでしょう。

独裁者になりたい人にとって便利な時代になったというより、そういう人がどんどん増えて、得体の知れない嘘を押しつけ合うことが可能になったとみるべきかもしれません。

そうした世から逃れるため、ニュースは見ない、インターネットには極力ふれない、テレビもラジオも持たない、と情報そのものを遠ざける人もいるでしょう。しかしフィクションは情報を通してのみ伝わるわけではありません。人が何かを信じて行動するだけで、フィクションは周囲に伝達されます。

また人はフィクションを失えば失うほど、動物のように前のことは忘れ、後のことは考えないようになります。いわゆる後先考えないというか、考えられなくなるわけで、平気で犯罪も犯します。犯罪になると理解できず、自分が間違ったことをしているという気づきもないまま、したいようにするからです。

現代は、人々にとってなくてはならないフィクションという大きな河に、ミスリードをもたらすフェイクの雫《しずく》が、意図的に流し込まれている状況と言えるでしょう。

私たちは早急に、フィクションからフェイクを濾過《ろか》する仕組みを整えるとともに、より人々の生活のためになる、この時代ならではのフィクションのあり方を考えねばならないのではないか。そんな風に思えて仕方ありません。

十一　名前という物語（二〇一七年八月）

本日は、「名前」というものについて、お話をしたいと思います。
現代の日本人は、生まれたときに親から与えられた名前を用いて一生を過ごすと考えがちですが、かつての日本人は、たくさんの名前を自分に付ける習慣があったんですね。とりわけ武家なんかそうですが、まず幼名がある。成人すると名前を変える。文化人としての面をあらわす号や、屋敷を出て遊びに行く際の名前を持つ。あるいは人生観が変わるような出来事に遭遇すると、そのことを祝って新たな名前を自分に付けたりする。また公職を退いて隠居を決めるときも別名を名乗ります。もうそれまでの自分とは違うと自他に明らかにするためでしょう。

ただ名乗り方を変えるだけではなく、「今後こういう名前になります」と親しい人々へお報《しら》せしたりもしたようです。

今でいうアカウントのように、名前をたくさん持っていたわけですね。葛飾北斎《かつしかほくさい》なんて、そうして何十回も名前を変えたといいます。

その効用といいますか、名前を得ることによる心の変化は、実際、かなり良い面があるんだろうと思われます。自分がどう生きてきたかを省みて、これからどう生きるべきかを定める。あるいは定められた自分からいっとき解放される。

そうした心の作業となるという考えから、講座などで使うことがあります。「試しに、物語の最小単位としての自分の名前を作ってみよう」と。つまり「これから物語を書く、あなたのペンネームを考えよう」というわけです。

ただこれが、意外に難しいんですね。

ちょっと違う講座で、名前がない登場人物を名付けるという課題もやってもらいました。たとえば、桃太郎の成人名を考えようとか、お供になる犬猿雉《きじ》に名前を付けよう、といった課題です。その登場人物の背景や内面、性格、周囲との関係といったことも考慮して、固有の名前を与えるというものです。

これも同様に、なかなか簡単にはできない。

頑張って考えるうちに、卒塔婆《そとば》の戒名みたいに漢字が九個も十個も並んでしまって、どれを外していいかわからなくなってしまったりする。

ですがこうした作業を通して、ある対象について深く考えるということが経験できます。人はあらゆるものを名付けますし、とりわけ商品名は認知度や利益を左右します。

とはいえ、ただやってみようとしても、どうやらそう簡単ではないということで、ある講座では「名前の付け方のいろいろ」を学んで頂きました。

過去、どんな人物がどう自分を名付けたかということをヒントにした命名法です。

まず一つは、「意味」で決める。

私がこの点で特に好きな名前は「夏目漱石《なつめそうせき》」ですね。

夏目さんというのは本名らしく、それに漱石という名を付けた。

漱石というのはもともと、間違って使われた、詩の言葉なんですね。「石で漱《くちすす》ぐ」という意味なんですが、もとは自由奔放な世捨て人として生きる喩《たと》えとして「川の水で口を漱《すす》ぎ、石を枕にして寝る」という中国の詩から来ています。

それを別の人がうっかり、「石で口を漱ぎ、川の水を枕にして寝る」と言い間違えてしまった。そしてそのことを指摘されると、「違うんだ、私は意図して、石で口を漱いで、川を枕にして寝ると言ったんだ」と強弁したんですね。

このことから、間違いを認めない変わり者、頑固者、という意味で「漱石」という言葉が使われるようになったとか。

夏目漱石さんは、どうも非常に真面目な方で、留学をし、東大の先生を勤めるうち、神経症を患《わずら》ってしまったといいます。心がどんどん圧迫されていって、自由意志みたいなものを求めたくなり、「頑固になろう！　世間からズレたとしても、これが自分の正解なんだから仕方がない。たとえ周りから変人だと思われたとしても、私はこのようにしたいんだ」という思いを込めて、漱石という言葉を選んだ、なんて言われています。

実際のところどうなのかは夏目漱石本人に訊いてみないとわからないのですが、私はそうしたドラマが込められた名前を、素敵だなと思うんですね。

このように「意味」から取るのとは異なり、「音」で決めるというやり方もあります。有名なのは、江戸川乱歩《えどがわらんぽ》さんですね。

これは、エドガー・アラン・ポーというアメリカの作家の名前に、漢字を当てたものです。海外の作家への敬意を表してのことでしょう。当時の日本でどれほどポーが知られていたかはわかりませんが、いわゆる怪奇文学を発表する上での決意表明として江戸川乱歩と名乗ったのかもしれません。

エドガー・アラン・ポーのような名だたる人間になりたいという願いが感じられて、私はこういう名付け方も好きです。

もう一つ、音で決めた名前で有名なのは、「二葉亭四迷《ふたばていしめい》」でしょうか。

これは「お前なんか、くたばってしめい」という罵声《ばせい》から来ているといいます。自己嫌悪でそう思ったとか、お父さんに言われたとか、いろいろ説があってこれも本人に確認しないとわからないことですが、否定的な言葉をあえて自分の名とすることにも決意表明のようなものが感じられて私は好きです。

さらに、「字」で決めるというものがあります。名前なんだから当たり前じゃないかと思われるかもしれませんが、要は「運任せ」です。

たとえば北原白秋《きたはらはくしゅう》が、どのようにして「白秋」という名を決めたか。

まず「白」という字が好きだったそうです。それに何か他の字をつけようと思い、クジで決めたというんですね。たまたま「秋」を引き、それが気に入って「白秋」とした、なんて話があります。これも本当かわかりませんが、面白い話だと思います。

そして四つ目ですかね。「名をもらう」というのがあります。

たとえば水戸黄門《みとこうもん》の徳川光圀《とくがわみつくに》は、若い頃ずっと改名したかったらしいんですね。将軍家光《いえみつ》から「光」の一字をもらって「光國」と名乗るよう定められたのですが、「國」の字が「惑」を連想してかっこ悪くて嫌だと思っていたとか。しかし将軍様からもらった名前を否定するわけにもいかないので、ずっとあとになってようやく「國」を「八方に広がる」という意味で古い字の「圀」に変えたのだそうです。

それはともかく、偉人や尊敬する人の名を部分的にもらうというのも、よくある命名法の一つです。

さて、最後に、「完全に運で決める」というやり方があります。「白秋」の場合、「白」は最初から決まっていて、あとから「秋」をクジで決めたわけですが、最初から「たまたまそうである何か」を名前にしてしまう。

たとえば私の筆名の「冲方丁」です。

これは私の誕生年月の暦の記号からきています。一九七七年二月に私は生まれたわけです。この年の十干十二支《じっかんじゅうにし》は「丁巳《ひのとみ》」でした。ヘビ年の火の陰《と》の卦《け》という意味です。

火の陰とは、竈《かまど》の中の火が立てる音とか、生活に関わる火の音を意味するようです。また二月を意味する記号の一つが「冲」です。これは冬が終わりに向かい、地面や池に張った氷が溶けて割れる音を意味するといいます。

この「丁」と「冲」を並べると、「火の音」と「氷の音」という好対照な漢字の並びになるわけですから、若い頃の私はすっかり気に入ってしまいました。これは何ごとかなす上での「情熱と冷静」に通じるんじゃないか、なんていう風にも思ったものです。

問題は二つの字をどうつなげるかでしたが、割とすんなり「方」という字を挟むことに決めました。「勘定方」や「天文方」なんていうように「方」は「職業」を意味する字でもあるんです。作家を志すための名前ですから、当時の「情熱と冷静」が一生の生業になることを願って「方」の字を選んだわけです。

この「一九七七年二月生まれ」を意味する、若者の決心が込められた名前を、私は今でも好んで用いています。

このように、たまたま生まれた年月、住所、愛用の品、故郷の町や山や川の名前にちなんで名付ける方法もあります。

意味や音で決める、好きな字で決める、誰かからもらう、運で決める。五つの命名法を紹介しました。自らを名付けることは、その過去を顧みて、新たな自分を発見する、良い機会になるでしょう。自分を見つめ直したくなったときなどに、おすすめです。

十二　日本の食（二〇一七年十一月）

本日は、「日本の食」について、お話をしたいと思います。

私が日本の食文化に興味を抱いたのは、父の仕事の都合で家族とともに東南アジアに住んでいた頃、インターナショナルスクールに通う上で、両親から注意されたことがきっかけでした。

一つのクラスに、二人として同じ人種も同じ宗教の人間もいないという、まさに国際的な学校だったのですが、しばしばクラスメイトや先生から、こう問われるわけです。

「あなたの宗教は？」と。

これは生徒の宗教的なタブーに気を遣って、授業を進めたり、催し事を行うための質問なのですが、「絶対に無宗教と言うな」と両親から繰り返し注意されました。

「ノー・リリジョン」すなわち「無宗教」という言葉は、日本人が思う以上に、「神の否定」ないし「宗教そのものの否定」ととらえられてしまうからです。

「神などいないというのが君と君の家族の考え方なのかね？」

などと問い返されては、大変面倒なことになります。そうしたトラブルを回避するために両親から教わったのが、「フリー・リリジョン」という言葉でした。

「自由宗教」なんておかしな言葉だと思われるかもしれませんが、「ノー・リリジョン」と答えることに比べ、大変無難にやり過ごすことができます。

「あなた方の宗教は否定しませんし、あっちの神様もこっちの神様も私は受け入れて肯定しますよ」と。「みんなと仲良くしたい」というニュアンスを、「フリー」という一言で伝えることができるからです。

そしてこの「フリー」を特に使う機会があったのが、お誕生会なんですね。

先ほども申し上げましたが、二人として人種も宗教も同じ人がいない。とにかくどの家庭もルールがバラバラです。そうした子どもたちを招くわけですから、真っ先に確認しておかねばならないのが、「誰に何を食べさせてはいけないか」ということなんですね。

料理の皿にも、「豚」「牛」「野菜だけ」といった注意書きを添えねばなりません。これにアレルギーや、宗教的なタブーとまではいかなくとも家族が子どもに食べさせないと決めているものもあるわけですから、用意する親たちは大変だったろうと思います。

そんなお誕生会に行くと、「君は何を食べちゃいけないの？」と聞かれるわけですが、私はもう堂々と「フリー・フード！」と返していたんですね。

それで大いに笑われたものです。「食べ物がフリー」というのは「食べ放題」という意味にもなりますから、「じゃあ、いっぱい食べてね」なんて言われました。

そんな風に親から教わった言葉を口にしていたんですが、子ども心に「フリーってなんだろう」と疑問に思ってもいたんです。

それから何年かして日本に帰国した私は、「ああ、こういうことか」と大いに納得させられることになりました。

日本における食には、確かに宗教的なタブーがほぼ見当たらない。そしてそれ以上に、世界中の料理をかき集めたかのように、とにかく何でも食べることができる。

「なるほど、ものすごくフリーだ」ということはわかったのですが、そうなると次に「なぜ?」という疑問がわきます。

いったいどうして、こうまで世界の料理が日本に入ってきたといいますか、なんでもかんでも揃《そろ》うようになったのでしょう。

これは日本が国際社会であり、とにかく多くの国の料理を揃えねばならなかった、というわけではないようです。

歴史を学んでわかるのは、日本人はおおむね、異なる人種がやたらと国内に入ってくることを嫌がってきたということです。現代でもそう思っている人は多そうです。

思うに、これは日本人の吸収力と加工力の高さを物語っているのでしょう。

日本はいわば「流れ着く国」です。アジア大陸、太平洋、北方の地、南方の島々から、ありとあらゆる技術が続々と流れ込んでくるため、それらを自分たちに適したものに変えるだけでよかった、と言うと乱暴ですが、とにかく入ってくるものを片端から「日本化」する力に長《た》けてきたわけです。

　とりわけ食は、島国で収穫可能な土地が限られていたからか、山でも海でもとれるものはなんでもとって食べてきましたし、結果的に宗教的なタブーがそれほど厳しくならなかったこともあって、あらゆる料理が「日本化」されました。

　天ぷら、カステラ、ラーメン、パスタ、コロッケ、カレー。どれも日本人が発明したものではありません。全て他国の料理ですが、今ではすっかり日本食の一部です。

　しかも日本人のこだわり癖には驚かされます。江戸時代には「豆腐を食べる百通りの方法」なんて料理本まであったそうです。豆腐を切るとき、金属の包丁を使うか、竹で切るかで、風味が違う、なんてことを言い出すわけです。超能力かと思ってしまいます。

　そんな日本人だからこそ、「うまみ」を発見できたというのもうなずけます。

　人間の舌の味覚を感じる器官は、長らく、甘い・苦い・酸っぱい・しょっぱい、という四つによるものだとされてきました。

　それに対し日本人が、「うまみ」を感じる器官があると言って、第五の味覚を発見したわけですね。

　ただ、発見したはいいものの、世界が認めるのになんと一世紀近くかかったといいます。その間、日本人だけが「うまみ」を意識して食事をしていたのかと思うと、そのアドバンテージたるや、相当なものがあります。あるイタリア人の知人は「日本で食べるパスタが一番美味しい」と言うのですが、むべなるかな、と思わされます。

ただ最近、日本人はまた新たな味覚を作り出そうとしているようです。

私はこれを、「ありがたみ」と呼んでいます。

たとえば焼き肉屋でも、いちいち「稀少部位《きしょうぶい》」などと、貴重さを強調されます。

あるお酒が世界的に量が少なくなると、とたんに驚くほど高額になります。

ワインなど、特定の年代、特定の土地で生産されたものは、財産と言っていいほど高価な品となります。「世界であと十本しかありません」などと言われると、実際に美味《うま》いかどうかはさておき、それは大変な価値があるなと思わされてしまいます。

加えて、どれだけ丹精込めて作ったかとか、テレビに出演した方が調理したとか、京都の祇園《ぎおん》ならではだとか、とにかく食べ物に付加価値をつけようとする。

ちょっと前から、「飽食の時代」などと言って、大量の食品廃棄が問題になりましたが、その反動であろうとも思います。ありとあらゆる食を大量に提供できるようになったがため、いちいち付加価値をつけないと競争に勝てなくなったからでしょう。

結果、コンビニのお弁当やスーパーのレトルト食品ですら大変美味しい食を日々味わえるのはけっこうなことですが、どうも日本人の食に対する「フリー」が、いよいよ本格的に「ありがたみ」という架空の第六の味覚を作り始めた、そんな風に思うわけです。

他方で、日本語には「美食」と「食い倒れ」なんて言葉があります。よくそんな言葉を発明したものだと感心させられますが、「ありがたみ」を追求する「美食」が、世の家計の「食い倒れ」をもたらすばかりか、地球環境の「食い滅ぼし」にならないことを祈るほかありません。

十三　なんでだろうなあ（二〇一八年三月）

本日は、「なんでだろう」と思うことについてお話ししたいと思います。

私には、子どもの頃から、いちいち「なんでだろう」と疑問を抱いては頭の中にストックしておく癖がありまして。

いつか答えが見つかるかもしれないと思ってそうするんですね。

中でも長らくストックされていた疑問の一つが、あるとき小学校の音楽の授業で学んだ「ドレミファソラシ」でした。

その授業で私は、「なんでドなんだろう」という疑問から離れられなくなってしまいました。「なんでレなんだろう。レの次がミってどういうことだろう」と。

きっと何か理由があるのだろうと思い、先生に尋ねても、「そう決まっているのだから、余計なことを考えずに、そのまま覚えなさい」と言われるばかりでした。

私は、「なんでドレミファソラシなんだろう」という疑問が頭の片隅に残されたまま、気づけば二十代になっていました。

その答えを得たのは、二十代前半の頃のことです。

漫画原作の準備のため、ヨーロッパの歴史を調べているときに、たまたま見つけたんですね。『バプテスマのヨハネの賛歌』という、「ドレミファソラシ」のもとになったとされる歌の歌詞を。

Ut queant laxis　Resonare fibris
Mira gestorum　Famuli tuorum
Solve polluti　Labii reatum
Sancte Johannes

あなたのしもべが　声をあげて
あなたの奇跡を　響かせられるよう
私たちのけがれた唇から　罪を拭い去って下さい
聖ヨハネよ

一節ごとに一音高くなる歌であることから、これをもとに、十一世紀のイタリア修道僧であり音楽教師であったグィード・ダレッツオが定めたのが「ドレミファソラシ」とのことでした。

つまり各節の冒頭の音を並べて、一音ずつ高くなるよう定めたんです。

このうちUtがなぜ「ド」になったかですが、口にしやすいようにそうしたという説があります。ただ私は「主《ドミネ》」の「ド」なんじゃないかなあ、なんて思いますが。

また最後の「シ」ですが、聖ヨハネのフランス語名「Saint Ian」の頭文字をとってSIになった、なんて言われているそうです。「ヨハネ」の「Jo」の発音は「Yo」なので、SYでも成り立つようにも思えますが、実際どうであるかはダレッツオさんに訊いてみねばわかりません。

なんであれ、このときの「わかった！」と長年の疑問が解消されたときの快感というのは大変なものでして、それが「なんでだろう」のストックを頭の中に貯《た》め続《つづ》けている理由とも言えます。

とはいえ、このように、はっきりとした文献が残されていることは大変少なく、多くが「きっとこうじゃないか」という思いつきに頼るしかありません。

たとえば、桃太郎はお供に猿と犬と雉を得た、という物語を最初に聞かされたとき、「なんで猿と犬と雉なんだろう」という疑問が頭から離れなくなりました。

もっと強そうな生き物は他にもたくさんいます。しかもなぜ、地上で生きる動物ばかりなのかわかりません。鬼ヶ島に行くんだったら、クジラとかサメとかをお供にした方がいいんじゃないか、などと子ども心に思うわけです。

そもそもなんで桃なのか。他の果物ではいけないのか。そうも思いましたが、物心ついて日本の神話を調べたとき、桃が「魔除《まよ》け」でもあり、たとえばイザナギとイザナミの神話にも登場することを知って、なんとなく「鬼を退治するなら桃でなければならないのか」と納得したものでした。ニンニクが栄養豊富で、体力が弱った人に与えると元気になることから魔除けとされたように、きっと当時の日本人にとって、桃は貴重な栄養源の一つだったのでしょう。事実、桃には果物だけでなく種や葉にも健康になるための成分が豊富にふくまれているのだとか。

残された問題は「猿と犬と雉」でしたが、あるとき初詣でおみくじを引いたところ、はたと答えらしきものに思い当たりました。

その年は「戌年《いぬどし》」つまり犬年だったんですが、その前に「申年《さるどし》」と「酉年《とりどし》」が並んでいることに気づいたんですね。

十二支の並びは、子丑寅卯辰《ねうしとらうたつ》巳午未《うまひつじ》申酉戌亥《い》です。「猿と鳥と犬」が綺麗に並んでいるんです。この十二支は方角にも配置されており、酉は真西を意味します。

このことから「桃太郎が向かった鬼ヶ島は、西方にあったのでは」なんて考えることもできるのではないか。むろん、どこが起点であるかにもよりますし、桃太郎の伝説が多く遺されているとされる岡山県の西は、広島県と島根県であり、その広い範囲の中から具体的な場所を特定できるわけでもありません。

ちなみに方角だけでなく時刻にも配置されており、酉は午後の六時を示します。これも何か意味があるのかもしれませんし、そうでないかもしれません。

ただ私にとって「猿と鳥と犬」がぴたっと並んでいるものというのは、この十二支以外に見たことがないんですね。それで何か関係があるのではと強く思ったわけです。

そうそう、これと似たような疑問に、浦島太郎は「なんで亀に乗るんだ」というのがありました。浦島太郎が漁師なら、それはもうたくさんの海の生き物を目にしているでしょうが、なんで「亀」なんだろうと子ども心に疑問に思ったわけです。ヨーロッパですと海に出た人間が呑《の》み込《こ》まれるのはクジラと相場が決まっていますが、日本では亀に乗って竜宮城に連れて行かれる。

これもですね、十干十二支とは別に、陰陽思想における四神相応《しじんそうおう》という考え方がありまして。東は青龍、西は白虎、南は朱雀《すざく》、そして北は玄武と決まっている。

この玄武というのが、亀の神様なんですね。

陰陽思想はとにかくあらゆるものを関係づけますので、北の玄武は時刻でいえば零時に当たる。あるいは十干十二支の起点と終点を司《つかさど》っている。

つまり、浦島太郎は亀に乗って時間が止まる場所、あるいは一周する場所に行くわけなんですね。

浦島太郎は地上に戻ると、玉手箱を開けておじいちゃんになってしまう。

これは、還暦を意味しているのではないか、なんて思ったんです。十干十二支というのは六十年で一周します。これを「還暦」、つまり「暦が還《かえ》ってくる」とするわけです。浦島太郎の物語は、そうした暦の流れを表現しているんじゃないか、「亀」でなければならない理由はそれかもしれない、なんて思ったものです。

他にも、「茶」という言葉がありますね。これと似た発音が世界各地でみられ、お茶の葉が発明された地や輸送された経路を示している、なんて言われています。

インドでは「チャイ」、ネパールでも「チャイ」ですし、英語だと「TEA」ですが、ティアとも読めると。こうした出所の大元を辿っていくと、中国とインドのどちらかでお茶が発明されたらしいという説を、以前どこかで読みました。

これと同じ考え方をしたとき、とても不思議な言葉がありまして。

それは「名前」です。

日本語では「ナマエ」ですね。英語では「ネーム」です。ドイツ語では「ナーメン」、ネパール語だと「ナム」で、イタリア語だと「ノーメ」、やポルトガル語だと「ノーミ」、イディッシュ語だと「ノウメン」です。さらにオランダ語だと「ナーム」、インドネシア語だと「ナーマ」です。

必ず「N、M」「A、E」の音が付くんです。なんとも驚くほど多くの国で、名前を意味する言葉の発音がとてもよく似ている。

さらには、エスペラント語という、人工言語とも呼ばれている言語があります。紛争地域でお互いの言葉がわからないことによって争いが生まれるんだったら、国際的な共通語を作ろう、ということで作られた言語ですけれども、ここでも名前を意味する言葉は「ノウモ」です。

これほどまでに「NとM」「AとE」のバリエーションで統一されているというのは、きっと何かを示しているのではないか、人にとってきわめて重要な「名付ける」という行為がどこかで発明され、それが伝播《でんぱ》した証拠じゃないか、なんて思うわけです。

とはいえ、空間的にも時間的にも調べる範囲が広すぎて、いまだに「こうだ」という確信らしきものもなく、ただ疑問を楽しんでいるだけなのですけれど。

これらはですね、答えがなくてもいいんです。疑問に気づくこと、かつての答えが失われてしまうほど人の歴史が続いてきたということを実感するためでもあります。

またもちろん、思いつきを頭の中で転がす楽しさも尽きません。

疑問が増えるほどに世界への興味が増すのですから、今後も、頭の中の「なんでだろう」ストックは、いくらでも増えていいと思っています。

十四　極論に走ると損をする　（二〇一八年六月）

本日は、「明治維新・戊辰《ぼしん》戦争一五〇年目」にあたるこの年にちなんで、つれづれにお話をしたいと思っております。

まずなぜその話題を選んだかと申しますと、明治維新一五〇年、戊辰戦争一五〇年にあたるので、「ぜひ、その当時活躍した方々を書いてくれ」というオファーが、去年ぐらいから多くてですね。

今年になって多くの作家が、明治の傑物たちを書いているわけです。『西郷《せご》どん』も、そんな流れの中で注目されていると思いますが、私はと言えば、勝海舟《かつかいしゅう》を書いています。

ＫＡＤＯＫＡＷＡさんの『小説 野性時代』という雑誌に、『麒麟児《きりんじ》』というタイトルで連載しているのですが、ちょうど最終回が目前に迫っていることもあり、機を逸することなく今の内に話しておこうと思ったわけです。

さて、「明治維新・戊辰戦争」といちいち書くのは、やはり今でも「明治維新ではない、戊辰戦争だ」と認識している方がいるからです。東京以南と以北では、それぞれ異なる歴史があると言えます。

どうしてそうなったか。日本が最後に経験した内戦の歴史であったからです。日本国内が分裂してしまい、武力行使が、つまり戦争が起こった。古い世界から脱却して新しい世界を目指そうとして、日本人同士、おびただしい流血を起こした。

ではそもそも、なぜこの内戦が起こってしまったのか。

引き金になったあれこれは子細に研究されていますが、大きく言えば、それまでの常識や社会の仕組みでは、生きていけなくなった、と大勢が思ったからです。

たとえば当時の日本に、突然やってきた黒船。これが最初で最大の引き金でした。それまで、日本国内でいえば、徳川幕藩体制というものが、唯一の社会体制でした。世の中を生きる上での絶対的なルールです。

そしてそのルールに属さない存在が現れ、社会に甚大な衝撃を与えました。しかもその存在が「自分たちのルールはこうである、お前たちのルールの一部を変えてでも、付き合え」と言ってくるわけです。

幕府としては追い払うべきところですが、それができません。相手の方が圧倒的な力を持っていたからです。それで仕方なく貿易を行わざるを得ないようになる。

この時点で幕府の権威は失墜しますから、幕藩体制がぐらぐらになってしまう。そうなると「我々は今後、何を拠り所《よどころ》にすればいいのか」という議論がほうぼうで起こります。

そもそも徳川幕府の頂点にいるのは「征夷大将軍《せいいたいしょうぐん》」です。「征夷」というのは外国勢を征服するか追い払って自分たちの社会を守り発展させるという意味があります。

つまり黒船を追い払えなかった時点で、征夷大将軍じゃなくなってしまうわけですね。そんなわけで社会の求心力が失われて諸藩がバラバラの考え方をするようになるとともに、それまで制限されていた海外貿易が行われるようになると別の問題が生じました。経済格差です。うまくその潮流に乗れた人、乗れなかった人で、ものすごい経済格差が生まれてしまった。

他方で、長年のゆゆしき問題が顕在化します。かねて幕藩体制の仕組みにおいて常につきまとっていた問題が、借金です。ものすごい大借金です。

幕府も、薩摩《さつま》も、多くの藩が、とても返せないほどの借金を抱えていました。「二百五十年ローンで返すから待ってくれ」なんて商人たちに言うほどの額です。

つまり外敵を追い払う軍事力がなく、自国を保つ経済力もないところへ、海外貿易という別軸の経済が一方的に導入されたわけです。

このままでは国としてやっていけない、と誰もが思う。

ならば、みなで知恵を出し合って乗り越えていこう、となるわけですけれども、ここでのちの全ての悲劇に通じる問題があらわになります。

この「知恵」が、それぞれ異なっていたんです。

たとえば、武士という階級をなくそう、という革新的な考えを持つ人がいました。古い階級制度を止《や》めて、優れた人材を優先して登用すべきであると。

幕府と藩の体制自体ももう止めよう、もっと強力に一体化しないと海外勢に勝てない。欧米みたいに政府を作ろうと。

そんな風に、様々な知恵を出し合った結果、次々に食い違いが起こりました。

たとえば、武士のこの部分は解体するけど、ここは解体しない、とかですね。

幕府のこの部分はなくすけど、ここはなんとしても残さねば、などなど。

知恵を出し合う中で、自分たちの利益と立場を守り、ついでに積年の確執を晴らす機会にしようとするものですから、なかなか話がまとまりません。

そしてそのせいでどんどん生まれたのが、様々な「極論」です。

たとえば、「内戦状態になれば、うちの藩の借金は消えるんじゃないか？」などと考え出す人も現れる。

実際、明治政府が成立する過程で、ほとんどの藩は、借金を踏み倒してなかったことにしてしまうんです。それで一時、日本の金融は壊滅的な打撃を受け、元武士の人たちの給金が払えず貧困が蔓延《まんえん》してしまった。

議論が紛糾すればするほど極論に走る人が現れるし、極論によって世の空気の変化が加速すると、さらなる極論が出てくる。

確かに、国の寿命というか制度疲労は顕著で、今すぐ改革をしなければならないと必死の思いでいる人たちが大勢いました。

そのせいで、いつしか極論ばかりがまかり通るようになり、「あいつが邪魔だ、あいつさえいなくなれば世の中は正しくなる」などと言って暗殺にも抵抗がなくなってしまう。

早急に軍事力を立て直さねばならない。そのためのお金がないなら、そこらの村だったり商人だったりから奪えばいい、とか。結果的に正しいことをするんだから、その過程でちょっとくらい強盗してもいいと。そういう発想も出るどころか実際にやってしまう。

まさに「人心が乱れる」という状況で、その乱れた状況をどうにかしなければいけないということで、ここでも議論が紛糾し、極論が飛び交います。

騒いでいる人たちは全員ひっ捕らえて殺せという意見もあれば、熱い心で国をどうにかしようとしているんだから彼らの罪を赦《ゆる》して人材として登用しようとかですね、結論がさっぱり出ない。

こうした中、私が大変興味深く思ったのが勝海舟の態度でした。

たとえば彼が志したことの一つに、「日本海軍の創設」というのがあります。各藩から優秀な人間を平等に集めて日本という国を守る軍隊を作る。ある藩だけとか、天皇家だけとか、徳川幕府だけを守るのではなく、日本という領土を守る。全国のための軍隊を作ろうじゃないか、ということで海軍塾なんかを立ち上げ、身分を問わずどころか脱藩浪人たちまで容赦して受け入れようとする。

脱藩浪人というのは、何と言いますか、指名手配犯なわけです。今で言うならパスポートなしに他の国に行って、そこで犯罪まがいのことをしている人たちです。もしかすると人を殺しているかもしれない。そんな人たちが大勢いたわけですから、どれほど世の中がめちゃくちゃになっていたかがよくわかります。

そういう、平時であれば犯罪者とされるような人たちも集めてしまう。一つの志の下で、国というかまずは軍隊を統一して、海外に対抗できるようにする。ついでに経済的にも政治的にも、古くなった制度から脱却する。

そういう理念をぶち上げるんですけれども、あっという間に潰されるんですね。そんな余計なことをするやつはけしからんということで、塾も閉鎖されてしまうし、海軍構想も潰されてしまう。潰したのは幕府です。勝海舟に「どうにかしろ」と言ってやらせたのに、革新的すぎると思ったらしく、なかったことにしてしまう。

そうなると、ますます過激な思想に走りそうですが、勝海舟が面白いのは、あっさり引っ込むんです。この人の半生は、その繰り返しと言っていい。

優秀だからいろいろ頼まれる。そのたびに活躍する。しかしあまりに活躍するので蓋をされてしまう。そのたびに自主的に謹慎すると言って家に引きこもったりする。しばらくするとまた優秀なので呼び出される。その繰り返しです。毎度、力を尽くして問題を解決しようとするけれども、途中で放り出され、引っ込む。かと思うと期待されて引っ張り出され、また潰されて引っ込む。

にもかかわらず、一向に過激にならないんですね、勝海舟は。言動は乱暴になっていきますけど、極論に身を委ねようとしない。錯綜《さくそう》する情勢を受け入れ、矛盾した考えを常に抱き続けるんです。

勝海舟が、最も活躍したと言いますか、最も重い責任を背負わねばならなかったのが、有名な江戸城の「無血開城」の交渉です。ここで勝海舟は、西郷隆盛と会談して、江戸で戦乱が起こることを食い止めるわけです。

官軍勢の目的は、江戸に進軍し、徳川慶喜《よしのぶ》と幕府にとどめを刺すことです。ある意味、最後まで徳川家を恐れていたとも言えます。恐れるからこそ殲滅《せんめつ》して、憂いを絶ちたい。そんなわけで江戸へ殴り込んでくる。

明治維新・戊辰戦争期における、最大の内戦の危機です。

しかし勝海舟と西郷隆盛の会談の結果、いったん内戦は回避されます。

どこの誰にどう譲るのかはさておき、とにかく江戸城から徳川勢は出ていく。

徳川勢の方も、内心ではあわよくば、引き続き城にいたいとかですね、いろんな算段があったわけですけど、最終的には江戸が戦火で焼けることはなかった。

ちなみに江戸に火をつける気でいたのは、勝海舟の方です。

勝海舟も西郷隆盛も、実は内心では、争いを起こしてはいけないとわかっていたらしく、内戦回避の道を探っていたようです。なぜなら内戦になれば、ますます自分たちの力が弱まり、海外勢に自由にされてしまう未来しかなくなるからです。

それを回避するために、あっちの矛盾も、こっちの矛盾も、とにかく受け入れ、なんとかバランスを取って、可能な限り平和裏に、権力の移行を行おうじゃないか、ということで、勝海舟と西郷隆盛は合意をするわけです。

ただ非常に重要な点は、勝海舟の方も、戦う備えを怠らなかったということです。

なぜかと言えば、あっちの武力に対して、こっちの武力でもバランスを取らなければいけないからです。圧倒的な武力によって降伏するだけだと、一方の論理だけがまかり通ってしまう。それでは日本の統一にならず、一部が多数を支配する幕藩体制と変わらないわけです。ですので、いつ戦争になってもおかしくないギリギリの綱渡りを行う。

むしろ「戦争になってもおかしくないぞ」ということを牽制《けんせい》に用いる。

これは途方もない冷静さとバランス感覚がなければできない芸当でしょう。

勝海舟自身、徳川幕藩体制なんて何もかも時代遅れで、さっさと解体されればいいと思っていたわけです。しかしただ解体してしまったら大量の浪人が生まれ、いよいよ世が乱れるばかりです。

　ですから、いずれ階級制度は消えてなくなるだろうけれども、そのせいで生じる経済的な困窮者をあらかじめ減らすには、制度をギリギリまで温存させつつ、新しい制度が生まれるまでの橋渡しをしなければいけないと。

　だから勝海舟は、徳川家の存続のためにものすごい努力をするんですね。内心では消えていいと思いながらも守るわけです。そのために、戦争は起こしてはならないと思いながら戦争の準備をする。

　この矛盾に耐えられるのですから、確かに希有《けう》な人材だと思わされます。いずれかに偏らず、極論を退け、最終的な着地のために働き、「あいつは間違っている」という批判を浴びても我慢し続ける。

　胆力というのはこういうことを言うのでしょう。

　他方で、極論に走ってしまった人たちは、その後どうなったでしょうか。

　ほぼ死んでいます。ただ命を落とすのではなく、その人がやろうとしていたこと、本来抱いていた理想、実現していたかもしれない仕組みなども、全て死んでいます。

　つまり、その後の発展の余地がなくなってしまったんですね。

　無血開城を成し遂げた江戸は、その後、東京と改められ、今に至るまでの繁栄の基礎を築くことができたわけです。それはひとえに、内戦だけでなく、海外勢の干渉と侵略を回避できたからです。

しかしその後、起こってしまったいくつかの内戦は、衰退の種を播《ま》きました。

無血開城後に生じた戦争は、大きく三つあります。

一つ目は彰義隊の争い。これは上野で行われ、僅か一日で終結しました。

二つ目が、戊辰戦争です。

三つ目が、『西郷どん』を楽しみにされている方々にはちょっとネタバレになるかもしれませんが、西郷隆盛が自刃をすることになる西南戦争。

この三つが日本最後の内戦です。そしてそれらが起こったことで、新しい制度が根づくのが遅れたり、人材が登用されなくなったり、経済的にも不利を被ったりする人や地域が生まれました。そしてこの不利益は、戦いに敗れた側だけでなく、戦争を起こそうとして挑発した側にも波及します。

こうした複雑な歴史を単純化して教訓を得ようとするのは、いささか乱暴であるため私は好まないのですが、やはり、これだけは明白だということもあります。

矛盾に耐え続けて思案を重ねたところは栄え、極論に走るところは衰える。

とりわけ経済は規模、すなわち参加人数によっても栄えるわけで、腹が立つからと言って参加者を限れば限るほど、縮小していくわけです。それで成り立つのは余裕があるときだけで、結局は衰えていくしかありません。

ひるがえって、私たちが生きる今の世は、当時の日本とは比較にならないほど複雑なものとなり、膨大な矛盾を抱えています。グローバル経済は是か非かなんて議論に、いつか結論が出るとはとても思えません。

ある国が歴史を重ねれば、当然ながら制度疲労を抱えるようになります。日本の年金制度や健康保険制度がどうなるか、どうなるべきかなど、ひとまずこうしようという修正を少しずつ繰り返すほかなく、明白にも万事解決するような妙案は存在しません。

にもかかわらず「これで解決する」と言い張るのが、極論の特徴です。

理屈が明快なので人の心をつかみやすく、結果に至るまでに時間がかかりますから、すぐには過ちが判明しません。その間、全てが解決する夢を見ていられる装置が極論です。

たとえば某国の大統領が、アメリカとメキシコの間に壁を作れば万事解決だ、と言い出すことで大勢がいっときの夢の中に住むことになり、その間に事態はより深刻化して解決から遠ざかっていきます。

またもう一つ、極論の特徴は、他者をすっぱり切り捨てることです。反論の余地はないと言い切ってしまう。そうすれば議論を続ける労力から解放されますが、その分だけ解決することから遠ざかりますし、ときに大勢を悲劇に巻き込むことになりかねません。

やはり、たくさんの矛盾があるからといって、それらを一掃するような思想を求めてはいけないのだと思います。人も国も、それぞれ、たくさんの矛盾を抱えており、その最善のバランスを見出すために知性があると思うべきでしょう。

逆に、自分たちに反対する人々がいるなら、彼らが物も言えないようにしてやればいい、なんていう極論こそ、繁栄のチャンスを無に帰す最大の要因なのだろうと思います。

そうではなく、百年後、二百年後の子孫のため、今このとき何に耐え、何を後世に遺すべきか、といった思案に尽力してきた人たちがたくさんいて、そういう人たちのおかげで今の私たちがある。

それを忘れないためにこそ「明治維新・戊辰戦争」を振り返りたいものだと思います。

十五　脱共感（二〇一八年九月）

本日は、「人が人に共感をする」ということについて、思うところをお話ししたいと思います。

普通、共感を抱くこと、シンパシーを感じるのはいいことだとされています。

もちろんとても大事なことです。「愛の対極」「愛の対義語」は何かといえば「無関心である」と言うように、「共感を抱かないことの残酷さ」が過去多く語られてきました。

しかし一方で、その共感が問題になってしまうこともあります。

もう九月になりますが、学校では新学期が始まり、新しい生活に親しむようになった人たちがいる一方で、そうではない人たちもいます。

というのもですね、八月というのは毎年、小中高生の自殺数がピークに達する時期だと言われているんですね。

いろいろな専門家の方の本を読んだりお話を伺って、さもありなんと思わされたのが、「子ども同士が相談し合うと、言い方は悪いが、ロクなことにならない」という意見でした。

なぜでしょうか。相手の苦しみに、全面的に共感してしまうからです。

たとえば、死んでしまいたいくらい辛いお子さんがいるとする。そのお友だちが、話を聞いてあげて、そうなのかそうなのかと、相談に乗ってるうちに、容認してしまうんですね。相手の苦しみに「共感」するあまり、それは仕方ない、それだったら死んじゃうのもわかる、という全面的な「共感」を抱いてしまう。

そして一番まずいのは、「わかった、じゃあ一緒に死んであげる」というように、きわめて極端な「共感」に至る場合もあると。

だから大人たちは注意深く子どもたちを見守るべきで、特に彼らが何に強く「共感」を示しているかを見定めることは、きわめて重要だと言うんです。

さもないと学校の中でだけでなく、今どきはSNSを通して、おかしな考えに「共感」し、それがために事件や事故に巻き込まれる可能性もあるのだと。

他方、日本語には「あうんの呼吸」「暗黙の了解」「空気を読む」といった、「共感」を尊ぶような言葉がありますが、それも行き過ぎるとよろしくないということで、最近では「忖度《そんたく》」なんて言葉が聞かれるようになりました。

空気をおもんぱかるあまり、不正なことも行わざるを得なくなる、といったニュアンスで「忖度」という言葉が使われるようになったと思うのですが、「共感」の力には大人だからといって逆らえるとは限らないということを示しています。

とりわけ、ある制度を守るためだとか、世のため人のためだとか、はたまた派閥のためだとかいった「暗黙の了解」で「忖度」するのですから、優秀な人であっても、なかなか逃げられないということは想像がつきます。

このように、空気を読んで「共感」をして、それに従うというのは、人にとってとても大事なことであったことも歴史から明らかです。大昔、力で勝る大きな動物を狩るため、人は数の力で対抗したといいます。この数の力を可能とするのが「共感」であり、今でも戦争や政治や選挙、あるいはあらゆる経済活動に大いに発揮されています。

しかしインターネットが「共感」と数の力をかつてなく刺激したことで、いよいよ世界中の人類が一体化するのではなく、かえってバラバラになったように見えるほど分断が顕著になりました。

これはそれまで発言の機会をろくに与えられなかった人々が、自分たちこそ「共感」の力を得るべきだとして、ほうぼうで発信するようになったからで、あるときバラバラになったのではありません。もともと抑圧されて反論を許されなかった人々がいたことがあらわになっただけです。

結果、それまで世の中を支配していた「一つの共感」の力がごっそり弱まり、確かに社会的な常識はこれだと言うことが難しくなりましたが、私はそのおかげで「多数に分かれた共感」が勃興《ぼっこう》したことを、単純にいいことだと思っています。

これは、かつて権力者によって住む場所も職業も定められていた人々が、自由に移動する権利を得たのと同じくらい革新的な出来事だと思います。

そのせいでアメリカなどは分断が進んでいるとされますが、私などは、それまで目に見えなかった物事が白日のもとにさらされているだけではないかと思うんですね。

アメリカですら女性差別がこれだけあったんだ、黒人差別はこれだけあったんだ、移民はこんな目に遭ってたんだ、同性愛者への憎悪はこれほどのものだったんだ、中絶反対の保守派はこんな風に考えるんだ、某大統領が味方につけた白人層にこんなにも貧しくて鬱屈《うっくつ》した人々がいたんだ、といったことですね。

アメリカン・ドリームという旗印の下に、これほどの鬱屈が渦巻いているとは、と一時は驚いたものです。しかし、彼らの不満がないものとされていたに過ぎず、ようやく「共感」を求める機会を大々的に得ただけだとすぐに腑《ふ》に落ちました。

そして、ではそうした声に、私自身が大いに「共感」するかと言えば、するところもあれば、しないところもあります。

むしろ、大勢がバラバラの「共感」を求めて声を上げていること自体に、何かが始まったような肯定的な気持ちを抱くのです。

それまで人が無意識にすがってきた「一つの大きな常識である共感」の束縛からいよいよ解放され、何に「共感」するか自由に選べる時代が来たのかもしれない、と。

かつて引っ越すことすら許されなかった社会が存在したように、一つの「共感」のためなら良心も生活も犠牲にして当然とされる社会が、消えてなくなりつつあるのです。だからこそ独裁的な社会においては、それまでの社会をなんとか維持しようとして、声を上げる人々への激しい弾圧が繰り広げられているのでしょう。

他方、「共感」してもしなくてもいい社会が現れたとき、私たちの生活はどうなるでしょう。互いに「共感」をまったく覚えない人同士が、どのような関係を築くのでしょう。おそらく、これまでよりずっと自由で気楽な社会になるのではないかと思います。

かねて人は「呉越同舟《ごえつどうしゅう》」なんて言葉が示す通り、利害が一致すれば誰とでも共同してきました。ヨーロッパの戦乱の歴史、日本の戦国時代の歴史を見ても、それは明らかです。

たとえ反感を抱いている者同士でも、利益のための貿易の仕組みを共有することは、可能です。どれだけ移民が嫌いでも、労働力が足らなければ迎えるしかありません。

もちろんそれが将来の紛争の原因になることもあるでしょう。しかし一つの強固な「共感」を抱き合えば社会は安定し、将来の紛争を防げるという考えは成り立たなくなったとはっきり言えます。むしろ反感を抱く者同士が、それ以上の利益を発見して共同する方が、よほど将来の紛争を回避できるでしょう。

私としては、どんな相手であれ「共感すべきかどうかという選択が常に可能な時代」になってくれた方がいいと思います。もっと言えば「共感」することがそれほど大事なことではなくなる方がいい。その分、多少の反感も当たり前となり、争う理由にはならなくなるでしょう。

それがどんな世界か、私はちょっとだけ経験したことがあります。

インターナショナルスクールに通っていたときのランチタイムです。

お互い、人種も宗教も文化背景も何もかも異なりますから、相手が食べているものが、全然、美味しそうに思えません。

豚を食べない友だちからすれば、それは「食べ物」ですらないのです。

ベーコンを食べる私が「美味しいよ」と言っても、相手は「汚いものを口に入れて気持ち悪い、おえっ」と返します。

それで仲が悪くなるかと言えば、ちっともそんなことはありません。

お互いに「共感」できない点がはっきりしているので、争う気にもならないのです。

むしろ自分と相手の違いの大きさを楽しんで笑っていました。

このような、「脱共感」の時代が、ゆくゆくは訪れるのではないか、自分は自分であっていいと気楽に思える世になるのではないか。

赤信号を「みんなで渡ろう」と言われても、自分は「渡らない」ときっぱり断れる。

そんな社会になることを私は期待しています。

十六　七輪事件　(二〇一九年四月)

本日は、「アリアナ・グランデさんの七輪事件」について、お話ししたいと思います。ご存じの方もおられるかもしれませんが、アリアナ・グランデさんという、アメリカの歌手がいらっしゃいます。この方はとても日本が大好きで、日本語を勉強し、頻繁に来日しており、「いつかは日本に住みたい」なんて仰っていたそうです。

日本人からすればまことに喜ばしいことだと思うのですが、あるとき、このアリアナ・グランデさんがですね、ご自身の歌のタイトルにちなんで、手のひらにタトゥーを入れたと。で、そのタトゥーは、日本語であると。

そのツイートの画像を見た方々の一部が、一斉に「それは違う、何をしているんだ」みたいなですね、バッシングが起きた。

なぜか。歌のタイトルが『7 rings』、つまり「七つの指輪」を意味していたわけですが、アリアナ・グランデさんなりに日本語の先生と相談をして、それを短い漢字で表現した。

結果、『七輪』とタトゥーを入れたんですね。

これに対し、日本人だけでなく、日本語を知る海外の人も、「それはバーベキューグリルのことだ」と言って非難したわけです。

当然アリアナ・グランデさんは、「これは七つの指輪の意味です」と反論しますし、それだけでなく、さらに指輪を強調するため、『指♡』というタトゥーを加えました。

しかしそれでむしろバッシングが激しくなり、便乗して彼女を叩《たた》く人が現れた。中には、「アリアナ・グランデは、日本文化を盗用している、勝手に使っている、けしからんことだ」なんてことを言う人まで出てきた。

結果、アリアナ・グランデさんは、「もう日本語を学ぶのはやめる」「日本にも行かない」と、親日を撤回してしまいました。なお手のひらのタトゥーは時間がたつと消えてしまうらしいんですね。それでアリアナ・グランデさんは「これが消えたらもう二度と漢字は入れない」「ばいばい日本」と断言したとか。

これは、言うまでもなく、大変な機会損失です。

日本の文化に、これほどまでに興味を持った方に対し、このような退け方をしてしまえば、日本人の偏狭さを大々的に宣伝したに等しいわけです。

そもそもそういう国民性なのだ、という考え方もありますが、しかしこれからの日本はそんなことでは、とてもやっていけません。

今、日本人がどんどん少なくなっています。少子高齢化と人口減少が顕著になり、たとえば新聞の発行部数は、かつてのピーク時よりも、二十五パーセント以上減ってしまったというデータもあります。ラジオは、かつての三分の一にまで縮小したそうです。こうしたメディアには、不況などの影響が遅れて出ると言いますから、すでにおびただしい商品が、人口減少の影響を受けているはずです。

当たり前ですが、国内需要だけを考えていればいい時代はとっくに終わっており、いかにして海外で売るかを考えねばなりません。

にもかかわらず今、最もその際の障壁となっているのが、日本人自身なのです。日本人は、他国の文化を勝手に日本風に作り変えるのが大好きなくせに、自分たちの文化をアレンジされると、強い反発を示します。もともと自分たちが発明したものではないにもかかわらず。漢字とて日本で生まれたものではありません。

とにかく日本人は輸出が下手です。

狭い国内での流通ばかり行っていたせいで、あるものが別の国に運ばれる間に、変質することもあるということがわからない。

たとえば紅茶もシャンパンも、偶然の産物です。その昔、輸送に時間がかかったため、茶葉が変質して紅茶になり、ワインが発酵してシャンパンになりました。たまたま新商品が生まれたわけです。

言語もどんどん変質します。

イギリスでは秋を「オータム」といいますが、アメリカでは落ち葉がひらひら舞うさまを「フォール」と称し、これが秋を意味する言葉になりました。

アメリカで「エレベーター」と呼ぶものは、イギリスやオーストラリアでは「リフト」です。

このように、輸出すれば変質するという経験を知る人々が貿易を担ってきた歴史があるため、彼らはたとえば日本人がおかしな和製英語を作ったとしても怒りません。

この「気にしない寛容」の恩恵を受けた商品があります。

ゲームやアニメの『ポケットモンスター』です。海外では『ポケモン』『ポキモン』というタイトルで知られています。

なぜタイトルを略したか。なぜならアメリカで「ポケットモンスター」は「ポケットの中のあれ」すなわち「男性器」を意味するスラングだったからです。

アメリカ人からすれば失笑もののはずですが、そんな馬鹿げたタイトルの商品は国内に入れない、とはなりませんでした。『ポケモン』という架空の用語があるということにし、それをタイトルにしたわけです。

日本人が勝手に組み合わせた英語が、たまたまスラングになることもあります。そういうこともあるとわかっている人々ほど、目くじらを立てることなく、寛容をもって解決策を用意します。その方が、文化を守るだの窃盗だのと言うよりも、ずっとビジネスとして優秀ですし、人々の友好に貢献することは言うまでもありません。

最初の「七輪」の話題に戻りますが、実は何も間違っていないことがわかります。一輪だったら、花が一輪と数えます。二輪だったら、二輪車という言葉があり、同じく三輪車もある。四輪駆動車もあります。五輪、これオリンピックですね。五つの輪があるから五輪です。軍用車などには六輪車があります。

七つの指輪があるから七輪。まったく間違っていない。

では、そもそも食べ物を焼く道具として「七輪」という言葉が使われたのはなぜでしょうか。一説には、もとは「七厘」という江戸時代の貨幣の単位からきており、七厘分ぐらいの炭を入れれば十分調理できるというような意味で七厘と呼ばれていたものが、同じ音にちなんで七輪になったと言います。つまり調理器具としての七輪の方が間違っているわけです。

ここで、誤用も歴史なんだと強弁するのであれば、なおさらアリアナ・グランデさんを非難する理由にはなりません。正しく使おうとも誤用しようとも、意味が通じる限り、非難することではないということになります。

あるいは「日本人が誤用するのは許せるが、外国人がおかしな日本語を使うのは許せない」というのであれば、その偏狭さが、いずれ日本に致命傷をもたらすことでしょう。

繰り返しになりますが、日本人は海外のものを日本化することを得意としています。他国の言葉を勝手に変質させるのも大好きです。「天ぷら」ですら、もとはポルトガル語で「料理する」という意味の言葉が訛《なま》ったものという説があります。

あるいは「デマ」という言葉がありますが、これは「扇動」を意味する「デマゴーグ」を勝手に略したものです。昔、「内ゲバ」は、ドイツ語で「力、暴力」を意味する「ゲバルト」を略しています。「美人」を意味する「シャン」という言い方がありましたが、これもドイツ語で「美しい」を意味する「シェーン」を短縮したものでした。

明らかに大変いい加減な使い方をしており、それは今でも同様なのですが、どうも日本人にはその自覚がないようです。

逆に、一部の日本食は、正しく変容させ、各国で現地化したから普及したと言えます。日本の寿司など、当初は海外から馬鹿にされ、日本人の食事は猫の餌のようだと罵る人すらいたと聞きます。しかし現地でとれる食材を用いて、現地人の口に合うよう工夫したことで、今のように世界的にメジャーな日本食となったわけです。

以前、海外で日本料理店に案内されたとき、「今日はコウベですよ」なんて言われました。「神戸牛」のことです。「それは地名で肉の名前ではない」などと返すのはいかにも不寛容です。「本当に神戸牛か」などと聞き返せば相手は気分を害するかもしれません。こちらが言うべきことは、「ありがとう楽しみです」のみです。

中には、ちょっと笑ってしまうものもあります。

たとえば好んで漢字をタトゥーにする海外の人々は、彼らのセンスで漢字を解釈して選びます。ある人は、「クールガイ」つまり「いけているやつ」を漢字であらわすため、まず「冷」という字を選びました。クールを訳したのでしょう。さらに「奴」を選びました。これも「ガイ」つまり「やつ」を訳した結果だと思います。

こうして「冷奴」というタトゥーを入れたと。

日本人からすると、反射的に「それは豆腐だ」と言いたくなってしまいます。しかし私は、だからといって否定すべきではないと考えます。「冷奴」が、ある人ないしコミュニティにおいては「クールガイ」の意味になっても何もおかしいことはありません。日本人だっておかしな和製英語を山ほど作って素敵だと勘違いしています。海外の人が聞けば失笑してしまうものもたくさんあります。『ポケットモンスター』とかですね。日本語ですらどんどん変容しています。「インスタ映え」など何語かもわかりません。しかしだからといって、けしからんと咎《とが》めては言葉のダイナミズムが奪われてしまう。

逆に、漢字圏の方々から突っ込まれたのが、「令和」です。

それでは「和がゼロ」になる、つまり「戦争」を意味することになるなどと中国で揶《や》揄《ゆ》されました。しかし日本では「令」は「美」の意味で使っている。令夫人とか深窓の令嬢とかですね。それをまたフェミニズム的にいかがなものかと咎めるのは別の問題です。

ある人にとっての正解が、別の誰かにとっては不正解になるのは、互いの文化風土がまるきり違うからです。その違いを認めず、自分たちこそが正しいと言い張っていては、ただ機会損失を重ねるばかりで何の益もありません。

自分たちもさんざん他国の文化を加工して日本化してきたように、日本の文化が変容しながら世界に広がることを喜ばしく思う寛容な態度が一般的になってほしいと思います。

十七　WHENの呪縛と反論できない日本人（二〇一九年七月）

本日は、「日本人の一番の行動原理」についてお話ししたいと思います。

というのもですね、最近、文芸講座で、ある課題を出したんですね。三十人くらいの受講者がいらっしゃるんですけれども、なんと全員がその課題をクリアできませんでした。私も「まさかここまでできないか」と愕然となり、「なんでできないんだろう、どう教えればいいんだろう」と悩んでしまったほどです。

その課題というのは、「反論しよう」というものでした。

命題に対してNOと断定する文章を書くということです。命題は何でもよく、反論しやすいものを選んで構わない。

と、このように課題を設定したところ、何一つとして反論になっていない文章ばかりが返ってきてしまったわけです。

たとえば、反論しているにもかかわらず、「かもしれない」と付け加えてしまう。その時点で反論ではなくなり、ただの推測や一案に過ぎなくなります。

あるいは、「こんな意見もある、あんな意見もある、こういう意見もあるかもしれない」というように、あれこれ考えを述べるうちに、本来の命題が何だったか曖昧になってしまうものもありました。

しかも「こういう意見もあるかもしれない」というように、その意見を言っているのが誰なのか主体が曖昧になってしまうものが非常に多い。

はたまた、反論しようとして唐突に見知らぬ誰かの人格批判めいたことを述べる文章もありました。反論とは人格を否定することだと思い込んでしまっているのでしょう。

ちょっと昔に、「NOと言えない日本人」なんてフレーズが流行った記憶がありますけれど、「本当に言えないんだ」とわかって呆気にとられてしまいました。

本来、私がその講座で教えたかったのは、命題というものについてです。「何々は何々である」と、YESかNOか、はっきり返せる文章のことです。

そしてこれに対して「NO」と言ってみる。さらにNOという意見に対して、解決に向かう、つまり第三の考え方の発見へつなげます。

たとえば、「健康のためにも運動をする必要がある」という命題に対し、「仕事が忙しくてそんな時間はない」と反論します。これらをただ対立させておくのではなく、より高度に合体させることが講座での最終的な目標でした。たとえば、「帰宅する際、わざと一つ手前の駅で降り、歩いて帰れば、忙しくても運動ができる」という具合です。

いわゆる弁証法というやつで、対立する意見を通して新しい物の見方を得る、という筋道を学んでほしかった。なぜなら小説の登場人物が直面するドラマのほぼ全てが、対立によるものだからです。ドラマ作りの基礎中の基礎と言っていいでしょう。

しかしどうしても「反論」の段階でつまずいてしまうため、どうしたらその先の、解決に至る筋道を理解して頂けるか、ということを試行錯誤せねばならなくなりました。

その過程で、別の課題として出したのが「ゴールデンサークル理論」です。

イギリスのマーケティング・コンサルタントである、サイモン・シネックさんという方が提唱したとされている理論で、まず真ん中に「WHY、なぜ」がある。

自分は「なぜ」それが欲しいのか。「なぜ」そうしたいのか。ある信念は「なぜ」抱くようになったのか、といったことの回答を中心に記す。

さらにその周縁に、「HOW、どうやって」を持ってくる。

たとえば、人々を笑顔にしたいから、この商品を提供するという「WHY」があるなら、ではどうやってその商品を提供するのかということの答えが次に来る。

商品の価格を安く設定して広く売るのか、あるいは高く設定して、より価値あるものとして認知されるか、といった工夫が「HOW」になるわけです。

その結果、じゃあ、これがあれば幸せになるというような、「WHAT、何か」を全ての周縁に記す。

つまり「なぜ」そうするのか、「どうやって」そうするのか、「何を」提供するのか、という段取りで、マーケティングを考えるというのがゴールデンサークル理論です。

サイモンさんは、この段落を踏まえてマーケティングをするリーダーほど、イノベーティブであり、先進的で開拓者精神に富んでいる、なんて言うんですね。グーグルとかアップルとか今のＩＴ産業の中核を作った企業はこのようにして商品を発想したと。とりわけ今の広告業界では大流行の考え方だそうです。

新しいとされる理由は、しばらく前の大量生産大量消費時代は逆だったからです。まず「売らなければならない物」がある。「ＷＨＡＴ」が山のようにあるわけです。石鹸《せっけん》を大量に作れる、車を何十万台でも作れる、冷蔵庫を無限に作れる。それらを「どうやって」売り払えばいいか。大量に作ってしまった製品を、多数の人に使わせるにはどうしたらいいか。

そのためには消費者が「なぜ、それを買わなければいけないか」を徹底的に宣伝し、説得する必要がある。

なぜなら流行の品だからとか、なぜなら最も安全な製品だからだ、といったセールストークこそがマーケティングの要だったため、「ＷＨＹ」が最後にきていた。しかしこれからの新しい時代は「ＷＨＹ」が中心になるんだ、という点が新しいわけです。

そしてこの「ＷＨＹ、ＨＯＷ、ＷＨＡＴ」を課題として出したところ、みなさん真剣に考えて下さって。自分が将来こうありたいのは、こういう理由があるからである。それを実現するにはこのような手段が考えられる。そして最終的には、このような成果を出すことができるだろう、といった文章がたくさん返ってきたわけです。

それらを見て、はたと気づいたことがありまして。

提出された原稿の多くで、「時期や年代」が付記されていたんです。「学校を卒業する頃には」、「四十代の終わりには」「子育てが一段落したら」などなど。

あたかも時期ごとに、はたまた年代ごとにやることが決まっているかのような言い方に、「これが日本人の一番の行動原理なのか」と思わされました。

すなわち「ＷＨＹ」でも「ＨＯＷ」でも「ＷＨＡＴ」でもなく、「ＷＨＥＮ」なのだと。

思えば、日本人の行動の多くは、時期や年代によって規定されています。

三月三日のひな祭り、五月五日の子どもの日、九月九日の重陽《ちょうよう》の節句、ゴールデンウィーク、シルバーウィーク、大みそか、元旦。どこへ行くかも何を買うかも、何のためにそれをするかも、おおまかに決まっています。

とにかく「何月何日だからこれをやる」ということが多い。もちろん他国の文化でも同様のことが言えますが、日本の場合は年齢にもこれが当てはまる。

三歳、五歳、七歳でお祝いする。小学生になる前にランドセルを買う。

成人式を経たら大人である。大学を卒業したら働く。三十路《みそじ》だからそろそろ結婚する。

厄年は健康に気をつける。四十路《よそじ》にもなって子どももいない、などと言い出す。還暦を迎えたらそろそろ年金暮らしになる。

とにかく、「いつだから、こうしよう、いつだから、こうしなさい」という生活行動原理が、日本人の習慣には大変強く根づいているのではないでしょうか。

もしかするとそのせいで、日本語には大きな特徴があるのかもしれません。

それは「主語を省いても成り立つ」という特徴です。「私は」「あなたは」「これは」といったことを明言せず、何となく相手に伝えてしまう。

これはたくさんの共通了解があるため、主語を言わなくても通じてしまうという日本語ならではの特徴です。

私は当初、この主語を省く癖のせいで、反論が難しいのではないかと思っていました。反論をするためには本来、「誰が・何が」そう主張しているかという文章を書かねばなりません。しかし主語がないことで理屈がごちゃごちゃになるのだろう、と思っていたんです。しかし「WHEN」の影響力に気づいたとき、「だからか」と納得させられるものがありました。

人生が時間軸上であらかじめ決まっている。となれば逆算して全ての行動がおのずと定まる。つまるところ、かつて日本人の生活とは、反論の余地もない集団行動を理想とするものだったんだろうと。

報道や文芸においても、たとえば「時事ネタ」という言葉があれば、俳句においては

「季語」というものがある。「いつ」が話題の基準となり、そのおかげで考えるべきことを、ぐっと減らすことができる。

電車のダイヤのように全てが時間のレール上に定まっているとなれば、反論すること自体無意味となるでしょう。ある電車が駅に現れたときに、「今電車が来るべきではない」なんて反論する意味がないわけですから。

同様に、「あなたは子どもです」「そろそろ大人になって働きます」「もうくたびれている頃です」と言われ、それに反論する意味がない習慣を築いてきた。

とはいえ、そうしたタイムスケジュールを万人に当てはめることは、なかなか難しいことです。あくまで理想であって、それに合わせようと努力するというのが、かつての日本人のあり方だったのではないかなと思います。

こうしたことは個人の生活にだけ当てはまるものではありません。たとえば集団での社員旅行が当たり前だった頃は、ずっとそれに各地の旅館が支えられていたと聞きます。そのせいで真夜中に到着する海外旅行客に対応できない宿ばかりになった、といった例は、それこそ枚挙に「暇《いとま》」がありません。

また映画産業を元気づけようとして考えられた施策が「ゴールデンウィーク」だったというのも、日本人にとって時節が行動原理になっていることを示唆していると思います。

この「ゴールデンウィーク」は、別に政府が決めたわけではありません。五月に連休がある。ではこの休みの間だけ映画館のチケット代をちょっとだけ安くする。そしてこの連休中に映画を観《み》る「習慣」を作る。これが「ゴールデンウィーク」の始まりです。これが大成功して定着し、やがては政府も休日を移動するなどして五月の連休がなるべく長くなるよう気遣うようになりました。

また、「初物」や「土用のウナギ」など、売り物と季節をセットにして考える。こうした「習慣」に従うことこそ日本人の生活原理なのだろうと思わされます。

ただこれは集団行動に適していますが、個人としての自分を客観視する上で、かなり妨げになるものでもあります。

自分たちとは異なる生活習慣を持つ人々を相手にするのが苦手となる要因とも言えるでしょう。また、そうしたタイムスケジュールに従うことができない人に、疎外感や無力感を植えつけるといった悪しき面もあると思います。

とはいえ古来の習慣を一概に否定するべきでもなく、ここで結論に飛躍しますが、これからの日本人にとって重要なのは、「自分はこの習慣を選んだという実感」なのではないでしょうか。

自分とは何者か、といった自己規定の一種として、「こんな習慣をピックアップした自分」というのが、日本人にとっては確立しやすい自己のあり方でしょう。

これがいわば、「反論は解決となる合理に至る手段である」という命題と、「だがそもそも日本人は反論することに向いていない」という反論における、弁証法的な自己確立のすべの一つとなるかもしれません。

十八　常識の怖さ（二〇一九年十一月）

本日は、「物語」についてお話をしたいと思います。正確に申し上げますと「物語の作り方」です。

近頃、私が受け持つことになった文芸講座のため、日々、物語の作り方をどう教えたらいいか、ということを試行錯誤しているのですが、どうも多くの方が、「物語とは出来事のことだ」と思っているふしがあります。

よくある「物語作りのトレーニング」では、たとえば男の子が家から出てくる絵を見せられます。その男の子が、どんな出来事に遭遇するか考えましょう、というものです。

当然、いろいろと想像できます。男の子が出てきたところに、隕石《いんせき》が降ってくる。恐竜が出現する。宇宙人が舞い降りてくる。どんなことでも起こりえます。

しかしそれらは物語ではありません。ただの出来事です。

肝心なのは、家から出た男の子の「心」がどのように動いているか。

そもそも、なぜ男の子は、お家《うち》から出てこなければいけなかったのか。遊びに行きたかったのか。追い出されてしまったのか、何も考えずに出てきたのか。

こういうことを考えねば物語は生まれません。どれほどスペクタクルな出来事が起こっても男の子の心に影響がなければ何も起こらないのと同じです。そんなことを講座でお話ししました。

先にこのお話の結論を申し上げますと、物語の基本の一つは、ある人間をとらえている「常識」を明らかとし、それから外れたところを想像させることです。

男の子が出なければならない家が「常識」です。そこから出た先に起こる出来事を通して、内面的で本質的な変化を語らねばなりません。

では、この「常識」とはいったい何でしょう。

これは別の言葉に置き換えると、「連想」です。

たとえば、「お茶」があるとします。それは飲み物である。コップや茶碗《ちゃわん》に注《つ》がれる。そんな連想が働くと思います。また、それは顔を洗う物ではないし、注射器に入れて血管に注射するものではない。そういう連想もあります。

また、「椅子」があるとします。それは座るものであり、机は椅子に座って向き合い、様々な作業をするためのものだという連想が働きます。

そうしたことの一つ一つが「常識」を形作ります。なぜそんな観念を用意するかといえば、一番の理由は、安全の確保です。「常識」にとって最も重要なのは安全か危険かです。より安全であるという連想をたくさん積み重ねることで、自他の安全を確保し、共有する。それが「常識」の最大の機能です。

そしてこれを端的にひっくり返すことで、一世を風靡《ふうび》した娯楽があります。香港《ホンコン》のカンフー映画です。

予算がなかったことから、そこら辺にあるものでアクションをやったわけですが、これが大変斬新だと受け取られました。椅子で戦うとか、コップや瓶を武器にするとか、そこらにある液体はとりあえず相手の顔にぶちまけるとかですね。

机の上に跳び乗ったり、カーテンにつかまってビルから跳び降りたりする。そうした行為を見ているだけで、それまでの「常識」からどんどん離れていく。危険であると同時に、信じがたいほど自由な振る舞いに思われ、多くの人々が喝采を送ったわけです。

このように、本来成り立っていたはずの常識から、一歩抜け出すこと。それが「物語」の本質の一面です。

では我々は、そもそもなぜ安全な「常識」から離れねばならないのでしょうか。

実は「常識」というものにとらわれるデメリットがあるんですね。特に最大のデメリットには名前があります。「現状維持バイアス」といいます。

安全でありたい、損をしたくない、危険な目に遭いたくない、という気持ちから「常識」に従おうとすることを言います。

たとえば「タイタニック症候群」という言葉があります。タイタニックといえば、沈んでしまった豪華客船ですね。氷山にぶつかってしまい、だんだん沈んでいく。船が巨大なものですから、すぐには沈まないんですね。沈んでいる最中にも楽団が演奏していたと言われているほど、ゆっくり沈んだわけです。

我々はそういう風に客観的に考えると、すぐにもその豪華客船から逃げ出した方がいいと判断できる。

しかし船の中にいた人々にとって、タイタニックは「巨大な常識」でした。圧倒的に居心地が良くて安全に思える船を出て、なんでわざわざ、氷が浮かんでいる海に逃げなきゃいけないんだと思うわけです。

こういう「現状維持バイアス」が働いてしまうことで、結果的に逃げ遅れて、大勢が犠牲になってしまいました。

また別の例としては「節水による枯渇」というものがあります。

水不足だというニュースが広まったため、みんなが水を溜《た》め込んでしまう。その結果、水がなくなり、地域が干上がってしまうという、非常に皮肉な話なんですけれども、これもとにかく損をしたくない、なるべく自分は得をしたいという思いに加え、水がなくなるはずがないという「常識」が根強く存在するわけです。

これは、日本の企業がお金をプールし、個人も貯蓄に回すあまり、賃金が増えないということの喩えでもあるそうです。全体としてお金が回らないので、結局その経済が干上がっていってしまうということです。

そしてこういったことを防ぐために、年金とか健康保険とかが発明されたわけです。江戸時代にも藩によっては、飢饉《ききん》に陥ったときに備えてみなの米を集めておき、いざというときに全員に放出するという仕組みが作られました。それぞれの家が飢えると思って種籾《たねもみ》を溜め込むだけでなく食べてしまい、種がなくなって飢饉が拡大しないようにするためです。

このように「常識」から人は容易に脱せられないため、それに備えた施策も必要になるということです。

たとえば災害現場で、写真を撮り続けたせいで被害に遭う人というのがけっこういるそうなんですね。津波、地震、山火事、台風など。まさか自分が危険に陥ると思えない。それもこれも強固な「常識」によるものです。

こんなわけで、人は「常識」から脱さねばならないときも、多くがそうできないということを自覚しなければならず、他方で「常識」を脱することによって得られるものもあると示すのが物語の役割の一つであるのです。

これはディズニーであれ、ハリウッド映画であれ、日本文学であれ、同様です。

自分を強固にとらえる「現状維持バイアス」から、いざというときに脱することができるよう備えさせる。あるいは、現代においては激変する「常識」に対し、今風で言うなら自己をアップデートする機会を与える。

そうした「常識」と自分との関係を客観視できるようにするためにも物語というものは常に必要とされてきました。

さて、この「常識」に関する講義の課題で提出されたものに、面白いものがありましたので、いくつかご紹介したいと思います。

一つは、「仕事がきつかったので、もっと時間がとれる仕事に就きました」というものなのですが、給料が下がってしまうので、これを補うため、投資をしようと思ったと。しかしただ投資をしても損をするだけだと思い、とにかく勉強したそうなんですね。勉強しているうちに何だか楽しくなってきてしまって、いつの間にか資格を取るために勉強をしていたと。まさか自分が、そんなことをするとは思っていなかったのに、いつの間にか自分が変わっていた、ということを経験したそうです。

これこそが、まさに物語なんです。「偶然の発見」とか「冒険への旅立ち」とか、いろいろな言い方がありますが、自分はもうここにはいられないと思って旅立った先で、新たな自分を発見する。その過程で、新しい喜びや世界、そしてより意味のある困難に出会うわけです。

他にもこういう話がありました。ある人はマンションのエレベーターに乗るとき、住人の中で苦手な人がいると、つい一緒に乗るのを避けていたそうなんですね。実際にその人が乗っているかどうかもわからないのに、「その人が乗っている気がする」と思うと、エレベーターのボタンを押さずに、ちょっと乗り過ごしてしまう。

それをあえて一緒に乗ってみたと。ずっと苦手だと思っていた人とあえてエレベーターの中で二人きりになり、「こんにちは、いい天気ですね」なんて声をかける。

たったそれだけのことなんですが、心の中では、とても大きな変化が起こっているわけです。自分を束縛していた何かから抜け出し、より広い世界に出た。

まさにキリストが言う、「汝《なんじ》の隣人を愛せよ」そのものですね。

この「隣人」というのは、文字通り隣にいる人です。そして隣にいる人というのはつまり、土地や資源を奪い合う可能性が最も高い相手のことなんですね。

簡単に言うと「敵」です。「汝の敵を愛せよ」というのが、この「隣人を愛せよ」というメッセージの一番重要な点なんです。仏教では、「毒蛇を愛せよ」なんて言葉があると聞きました。

つまり人はそれだけ長い間、隣人というものと戦い続けていて、誰しもが解消しなければいけない問題の一つでもあるということです。

他にも、「ずっと人に迷惑をかけてはいけないと思って生きていた」という方がですね、あるとき、「あえて五分ほど遅刻した」なんていう愛らしい物語がありました。

それでどうなったかというと、いつも必ず待ち合わせの時間の前にいたため、相手にとても心配されたそうです。「どうしたの大丈夫？　病気なの？」と。それで「うっかり遅れた」と答えると、「あなたも意外に抜けてるのね」と笑われたと言うんですね。「今までずっと、きちきちしている人だと思っていたけれども、意外に抜けてるんだ」と、急にそれまでとは違う親近感を示されたそうです。

これも自分を縛っていた「常識」からほんの一歩外に出たことで得られた、新たな人間関係と言えるでしょう。ただしこの物語を書かれた方は、「やっぱりやり過ぎはいけないなと思いました」と、奥ゆかしい言葉を添えていたのですけれど。

このように、生き生きとした自分になりたいと思ったときは、まず自分をそうではない状態にしている「常識」を見つけ、そしてそこから一歩出てみてはいかがでしょうか。そうすることで、きっとご自身の新たな物語が始まるはずです。

十九　ハーモニーとユニゾン（二〇二〇年二月）

令和二年となりました。「令和」というのは「ビューティフルハーモニー」を意味をするのだと、我が国の首相はおっしゃっておりましたけれども、この「ハーモニーとは何か」ということを、皆さんはご存じでしょうか。

かく言う私も、よくわかっておりませんでした。

今年の正月に、ある会の催しで、ゴスペラーズの北山陽一《きたやまよういち》さんのお話を伺う機会がありました。そこで改めて、「ハーモニーとは何であるか」を教わったのです。

北山さんは、学校教育の現場で、「歌」を通して個人の自立や他者を尊重する態度などを育てるという試みをされているそうです。

具体的には、学校の校歌を通して、ハーモニーを実際に体験してもらうということを、やってらっしゃる。ただ、どこでも最初は「全くハモらない」そうです。

というのも、「ある一つの音にみんなが合わせることがハーモニーだ」と日本人は思ってしまっているというんですね。

たとえば学校の先生が、このように歌いなさいと歌ってみせると、みんながとにかくその声に合わせてしまう。

結果、同じような音が、ずらっと並び、単一の音になる。これは「ハーモニー」ではなく「ユニゾン」だと北山さんが話すのを聞いて、「あっ、なるほど」と私は膝を叩いて納得したものです。

一つの強い意見に全員が寄り添うというか従う。それが「ユニゾン」であると。対して、それぞれが自由に違う音を出しながら適切な距離を保つことで、全体が大きな「ハーモニー」になる。それぞれ欠けてもいけないし、押さえつけてもいけない。互いがちゃんと声を放つことが大前提となって、それまでにない、一人では出せない声である「ハーモニー」が生まれるのだと。

理屈はきわめて明快です。しかし学校の教育現場で「ハーモニー」を学んでもらおうとしても、なかなか「ユニゾン」から離れられないそうです。

そこで私が思い出したのは、平成三十年度の内閣府の「我が国と諸外国の若者の意識に関する調査」でした。

この調査の結果に、私はかなり衝撃を受けたんですね。

たとえば「他人に迷惑をかけなければ、何をしようと個人の自由だ」という言葉に対し、日本人の若者が「そう思う」と答えたのは僅か十五・七％で、「そう思わない」「どちらかといえばそう思わない」と答えたのが四十九・四％だったというのです。

つまり「他人に迷惑をかけない状態であったとしても、勝手な行動をとることは許されない」という教育をされていることが浮き彫りになったんですね。

また諸外国の回答を参考までに見ますと、「他人に迷惑をかけなければ、何をしようと個人の自由だ」と答えたアメリカ人の若者は五十・二%、ドイツでは三十九・八%など、日本だけがダントツに「個人の自由」を否定していることが明らかでした。

一方で、さらに衝撃的な数字があります。

「いかなる理由があっても、いじめをしてはいけない」という設問に対し、日本人の若者の十一%以上が、「そう思わない」「どちらかといえばそう思わない」と答えたのです。逆に言えば「特定の状況においては、いじめをしていい」と答えた若者が十人に一人以上いるということです。

この回答が二桁台であるのは日本とフランスだけで、他の国では一桁台です。人種差別が問題になりがちなアメリカですら「いじめをしていい」と答えた若者は八・三%、スウェーデンでは七・二%程度だとか。

どうやら日本の若者の半数が「個人の自由」を否定し、一割強が「いじめ」を肯定しているようです。

この結果を見て、なんとなく連想させられたのが、「高齢者の暴走運転」の話題でした。一時期、だいぶ取り沙汰されたため、私は「実際に高齢者による交通事故はどれだけ増えているんだろう」と調べたことがあります。

現実には、逆に減っている、ということがわかりました。

取り沙汰されているのは、一部の痛ましい事故であり、必ずしも全国的に同様の事故が激増しているなどとは言えないのです。

しかしどれほど実態とかけ離れた考えであっても、「世の中でなんとなくそうだとされること」の方を真実だと思い込んでしまう。そして実は根拠がないまま「高齢者は運転免許証を自主返納すべきだ」といったことを主張するわけです。

そうしたことにも、「ハーモニー」が上手くできなくなるほど「ユニゾン教育」をされてきた影響が出ているのかもしれません。

思えば「ユニゾン」に従わない者をむやみと非難することが、いつしかこの社会の常識になっているように思います。たとえば「ベビーカーを電車に乗り込ませるのは迷惑だ」などという意見がまかり通ってしまう。

自分たちと同じように動けない者を排除しようとする社会は、当たり前ですが、安全でも安心でもありません。社会を特定の人間にしか参加できないようにする考え方は、危険な競争を招き、参加者全員に緊張を強いることになりかねません。

いえ、すでにそのような社会の入り口に差しかかっているようにも思います。

女性、特に妊婦にわざとぶつかる。ベビーカーを蹴る。子ども連れの男女とすれ違うときに舌打ちをする。こうした行為は、純粋な悪意によるものというよりも、いつ自分が排除される側になるかわからないという緊張とストレスに耐えられず、暴発を起こしているると考えるべきでしょう。

そうした暴発がより激しくなれば、いずれは無差別殺傷へと至ることになります。

他方で、そもそもの競争についてはどうでしょうか。日本の教育は、日本経済にどのように貢献しているのでしょう。

これについても悲観的な報告が見られます。大学の研究所は、どうも儲《もう》からない。そもそも儲かりそうなことをやっていない。

これも考えてみれば当然です。ビジネスで特に儲かるのは、誰もやっていないことをやる、誰も持っていないものを売る場合です。ユニゾン教育をされた人々にとっては最も苦手なことの一つと言えるでしょう。日本人の研究態度では、ビジネスチャンスはつかめないというような記事を見かけるのも納得です。

生産性という点でも同じです。仕事が終わったのに誰かが残業しているせいで大勢が帰宅できないなどというのは、滑稽を通り越して悲惨ですらあります。

挙げ句の果てに政府の「残業を禁止する」という、ここでもやはり「ユニゾンの声」で解決しようとするのですから、いったい日本人はどれほど自主性に欠けているのかと呆気にとられます。

軍隊のような一斉行動が得意なのが日本人なのだ、などと思うこともありましたが、最近では「軍のように刻々と状況が変化する中で柔軟に活動しなければならない組織」にも日本人は向いていないだろうと思わされます。

思えば輸出下手も「ユニゾン」ゆえです。自分たちが作るものの品質が、遠い異国の地でも維持されると信じてしまう。あるいは日本にあるものは世界中にあると信じ込む。全てが自分たちと同じであると錯覚するわけです。

たとえば、和菓子を世界に広げようとする人に対し、「日本と同じ食材を使わないなんてけしからん」と非難の声を投げつける人がいます。これも「世界にはその食材が一般的ではない土地があり、食べ慣れない人が大勢いる」と想像できないからでしょう。

そんな想像をする必要がない時代がとても長かった、とも言えます。

日本人は本来、環境の変化に柔軟であるはずだと思いますが、それでもすぐには対応できないほど、ITやグローバリズムがもたらした変化が激しすぎたのかもしれません。

そういう意味で、「令和」という元号はこれからの私たちの課題を端的にあらわしていると言えます。

私たちが「ユニゾン社会」から脱却し、本当に「ビューティフルハーモニー」を獲得できるか。それが令和年間という時代を物語るものとなるでしょう。

二十　嗜みと慎み（二〇二〇年八月）

本日は、「嗜《たしな》み」と「慎み」についてお話をしたいと思います。

まず、「嗜む」。嗜好品《しこうひん》という言葉があるように、耽溺《たんでき》するのではなく、そのつど自分を満たす何かをいいます。

では、「慎み」とは何か。少しばかり我慢することです。しかも自分だけが我慢をするのではなく、みんなでそうする。

今年の夏は、新型コロナウィルスの流行により、大変な騒ぎとなりました。政府も自治体も家庭も、みなそれぞれ慎むことで乗り切ろうとしていますが、こうしたことは、日本において実は度々起こってきたことでもあります。

平安時代においても、疫病《えきびょう》が発生すると、天皇を始めとして、まず朝廷がいろいろと慎みました。歌舞音曲を慎む、なんてありますけれども、これは宴会で音楽を流したり歌ったりしないようにすることです。

人前で大きく口を開いて唾《つば》を飛ばさないようにするわけですから、現代のコロナ防止策によく似ています。

また、天皇主催の行事も慎まれる。外出を控えたり、大勢が集まってしまうような儀式を取りやめる。

もちろん貴族の中には我慢できず、お屋敷で宴《うたげ》を催し、のちのち咎められる人もいました。これも現代と変わりません。

はたまた世の無常を悟って出家してしまう人も平安時代にはいましたが、コロナ禍を機に生き方を考え直すという人もこれから増えるのではと思います。

ただ今の時代は、ワクチンが発明されて久しいため、「すぐに治らないことへの恐怖心」や「後遺症への不安」が、かえって強まってしまったのかもしれません。

病院に行っても医者や看護師の数が足らない、というのは私たちが久しく経験しなかったことですが、とはいえ、歴史上初めての出来事というわけではありません。「野戦病院」などという言葉が飛び出すように、一世紀以内に経験していることです。

さりとて慎むことにはストレスが伴います。

その鬱憤を晴らさんばかりに他者を執拗《しつよう》に攻撃する人たちも現れました。とりわけ感染者に対する有形無形の暴力は、全国で散見されるようになっています。これが社会不安となっておかしな騒動、あるいは暴動につながらないことを祈るばかりです。

他方で、慎まねばならないとき、堂々と嗜める人がいました。

感染ののち生存し、免疫力を獲得した人です。

江戸時代、天然痘が流行した際、こうした人たちを「遁花《とんか》の人」と呼びました。これは「花から逃れた人」という意味です。「花」は天然痘の症状である発疹《はっしん》を言います。この「遁花の人」が、二度と同じ病に罹《かか》らないことを、江戸時代の人々は経験的に理解していたんですね。

となると、この「遁花の人」というのは、とても頼れると言いますか、安全であると判断できるわけです。

たとえば徳川家光の乳母《めのと》としてお福（春日局《かすがのつぼね》）が選ばれたのも、幼少期に「遁花の人」になったからだと言われています。大名家同士の婚姻の際など、しばしば自身の「あばた面」を気にする男女がいますが、これは天然痘の症状の名残りです。「遁花の人」だから「結婚相手に良い」とされたことがわかります。

また当然、天然痘に感染した人を、「遁花の人」に看病させた記録もあります。

今回の新型コロナウィルスでも、感染してのち回復した方は、当然ながら何かしらの免疫を獲得していることでしょう。どのような感染病なのかまだ不明な点が多いため、二度と罹らないのかどうかはわかりませんが、「遁花の人」であるわけです。

彼らには「慎む」のではなく、ある程度「嗜む」ことが許されたようで、疫病の流行中、ぎすぎすする空気を緩和する役も担っていたのかもしれません。

このように真っ先に感染して生き延びた人たちが大勢いたからこそ、私たちの祖先は病禍で滅亡せずに済みました。

にもかかわらず、病禍の記憶が薄れた今の社会では、「遁花の人」をむしろ攻撃し、排除しようとします。もちろん、他者を感染させる可能性があるにもかかわらず出歩かれては困ります。日本人は古くから、誰かが病死すると、家族全員が「物忌み」といって相当な期間、隔離されねばなりませんでした。これまた現代でも、同様の措置を取る国が多くあります。

ともあれ病に打ち勝って回復した人をも忌まわしい相手であるかのように攻撃するというのは、まったく理に適《かな》っていません。むしろ優先的に雇ってもいいくらいでしょう。このままワクチンの開発が上手くいかなかったり、あるいは開発できたとしても数が足らず万人に行き渡らないときは、ありとあらゆる分野で「遁花の人」が求められることになります。

このように日本人は古来、病禍に対し、様々な知恵を働かせてきました。「慎む」だけでは「遁花の人」もふくめ、あらゆるものを遠ざけねばならなくなります。それでは水を張ったたらいに顔をつけて、いつまで息を詰めていられるかを競い合うようなものです。

そんな生活を続けることには誰しも無理がありますので、やはりどこかで顔を上げて息をつがねばなりません。しかしそれすら咎める人が現れるのが大禍の厄介なところです。

東日本大震災後でも、いつまでも緊張が解けない人が、リラックスしようとする人を咎めるというのを、よく聞きました。避難所で子どもが漫画を読んでいるだけで腹を立てる人がいるのです。上手く気晴らしをする人をむやみと憎み、嫌がらせをする人が後を絶たなかったといいます。

そうした状態が続けば、いずれ本格的な争いに発展しますので、そうならないための知恵も必要です。災害後は復旧までに何年もかかるものですが、このコロナ禍もいつまで続くかわかりません。私は年内に収束するのは無理ではないかと思っています。

ですから長期的に耐えうるためにも、やはりどこかで知恵を働かせて「嗜む」べきでしょう。リモート飲み会なんていうのは、そうした知恵の一つです。

ここで間違えてはいけないのが、「嗜む」とは、「自分をゼロに戻す行為である」ということです。本来の、最も無理をしておらず、リラックスしている自分に戻る。ですので辛い現実を忘れるために、アルコールを鯨飲するのとは違います。自分を麻痺《まひ》させるのではなく、心身ともに平常に戻すための行いが「嗜む」ということだと思います。

安心と充足を、ささやかながら味わう。

そうするための知恵が、この「慎み」の世において、より多く現れてほしいと思います。

二十一　反論と隣人（二〇二〇年十一月）

本日は、「反論と隣人」ということについてお話ししたいと思います。しばらく前にアメリカ大統領選があり、様々な議論が起こったという記事や、日本でもコロナ対策とＧｏ Ｔｏ施策の共存をどうすべきかといった記事が、しばしばインターネットを通して見えるわけですが、私の一番の興味は、「第三の答え」が現れるかどうかです。

いわゆる命題、反論、弁証というやつで、対立する考えが統合された新しい物の見方が現れるのを期待して、いろいろな記事を読むわけです。

しかし、どうも最近はあまりそれが現れるところを見ない気がします。むしろ、延々と議論が続くことが望ましいとでもいうような、そもそも反論を一切受けつけないような態度が多く見られるという印象です。

それでは議論とは言えません。競争ですらないでしょう。ただやっつけるだけですから、いかにして相手を沈黙させるか、排除するか、いないことにするか、ということに終始していることが多い気がするのです。

にもかかわらず、それを議論とみなすわけですから、妙な話です。

とりわけ今の世は、人類史上初めて、全世界の人間が同じ危難、すなわちパンデミックに遭っている時代です。まさに人類が同じ経験をしている。あっちの国もこっちの国も同様に困っている。なのに、大統領選など政治の行方を占う出来事が各国で続くせいか、むしろ激しい主義主張が、ほうぼうで高まりながら、ひとえに誰もが誰の意見も聞かずに済むすべを欲しているように思えます。

さて、もし事実そうであるとしても、むろん人類にとって初めての状況というわけではありません。意見が異なる相手を当たり前のように抑圧、迫害、殺傷することは、過去も現代も多く見られることとです。

ただ全世界がパンデミックに襲われてなお、むしろ人のそのような側面が強くあらわになることには、失望を覚えさせられます。

こういった荒《すさ》んだご時世になると、いつも思い出されるのが、キリストが告げたとされる、「汝の隣人を愛せよ」という言葉です。

子どもの頃にこの言葉を初めて知ったときは、「隣人だけでいいのか？」と思ったものでした。なぜ「人を愛せよ」ではなく、「隣人」限定なのだろうと。愛が向かう先としては範囲が狭いのではないかと疑問に思ったわけです。

しかし大人になり「そういうことか」と改めて納得させられたのですが、人はまず「隣人」と争うんですね。国家も、町も、村も、家庭も、まずすぐそばにいる相手と資源や土地を奪い合い、可能な限り自分たちが優位になろうとします。

それら「隣人」こそが競争相手であり、「隣の隣」やさらに遠くにいる相手とは、貿易を行ったり、はたまた「隣人」を封じ込めるため同盟関係を結んだりするのです。

また、大国に囲まれた小国などは、大国同士が衝突しないための「緩衝地帯」として存続が許されることがあります。大国がより弱い相手を「隣人」にしたいため、結果的に侵略しないわけですが、代わりに貢ぎ物などを献《ささ》げることを要求します。このように屈従を強いられた小国が、のちに力をつけて大国に反旗を翻すということもあります。

すなわち「隣人」さえ「対等」に愛することができれば、争いの多くを未然に防ぐことができるのです。そうして無数の「隣人」同士が互いを愛する態度を取れば、理屈の上では、争いそのものがなくなります。

これは競争相手、もしくは敵を愛せよと言っているに等しく、長いときを経て今なお人の本質を最も端的に物語る言葉の一つではないでしょうか。

また、これものちのち理解できたことですが、私が十三、四歳のときに通っていたインターナショナルスクールで聞いた、「他人の子どもを愛せる親が多いほど、教育の環境は良くなる」という言葉が今も記憶に残っています。

大勢の大人たちが、その場にいる全ての子どもたちに親切であるから、確かに学校の雰囲気は明るいんだ。当時はそんな風に理解していました。しかしその言葉の本当の意味を理解したのは、実際に自分が親になってからのことです。

自分の子どもだけを愛する人は、単に他人の子どもに関心を持たないのではなく、「隣人の子」とみなすことで、子ども同士以上に競争心を覚えるのです。つまり、「できれば全ての他人の子どもは、自分の子どもより成績も人気も何もかも下であってほしい」と心の中で願うというわけです。

そういう親ほど、自分の子どもが「楽に勝てる」環境であればそれを許容してしまいます。学校全体の学力が低下したとしても、自分の子どもが成績上位であればいいと考えるわけです。もっと極端な場合、お金で解決できるものならそうしてしまう。子どもの実力を無視して、裏口入学も悪いことではないと判断する。学校の教育レベルも、子どもの学力レベルも完全に無視するわけです。こうなると大切なのは学校のブランドだけであり、教育の環境が劣化しようと誰も気にしません。

そういうわけで「隣人の子どもを愛せない親」が集まれば集まるほど、子どもにとって悪い意味での競争が起こってしまうというのです。

このような、健全ではない競争に陥るのも、「隣人」を競争相手ないし自分たちから何かを奪う敵と思えるからです。

同様に、インターネットが世界中の人々を事実上の「隣人」にしたことで、この言葉はいっそう人の本質を様々な意味で言い当てるようになりました。

私たちはパンデミックを通して、日々多くの「隣人」の反応を目の当たりにしています。迫り来るコロナ禍に対し、アメリカ政府はこうする。南米、西欧、北欧諸国、アジア諸国、中東、日本など、コロナ対策の違いが、その国の政府の性格、文化的背景、国民性などを次々にあらわにしています。今を生きる私たち全てが、史上初めて「世界中の隣人の顔」を同時に見ることができる、希有な世代なのです。

インターネット以前に、航空・陸運・海運の発達が、すでに世界の全ての国を「隣人」にするという空前のネットワーク化を成し遂げていました。

ですがむしろそのせいでパンデミックが急速に世界に広まり、それら物理的なネットワークを寸断したことは皮肉と言えるかもしれません。

しかしインターネットは依然として健在であり、政府が妨げない限り、一般の人間が世界中のあらゆる情報にふれることができます。

そうして私たちは今も様々な「隣人の顔」を目撃する中、このように問われているのだと思います。本当の意味で「汝の隣人を愛する」のか、それとも「おのれと我が子だけを愛する」ことを選ぶのか、と。

二十二　教育について（二〇二一年三月）

本日は、「教育」についてお話ししたいと思います。

というのも、このコロナ禍において、皆さんもたくさん気になることがあると思うのですが、私はとりわけ、子どもたち、若者たちの教育がものすごく心配です。

まずコロナ禍において、教育を受けることができない期間が生じてしまいました。それが今後、どのような影響を及ぼすかは未知数です。

授業はあるけれども、あるいは就職したけれども、学校に行けず、友だちも作れず、研修を受けられないといった広範囲に及ぶ「教育の欠落」が顕著になりました。

また、リモート授業など、様々な試みがなされていますが、経済的な事情や、地域的な事情に左右されてしまい、教育を「受けられない人」と「受けられる人」に分かれてしまうといったケースも生じています。

こうしたことにより、のちの悪影響が懸念されますが、逆に言えば、日本人は至るところで人を教育し続けてきたのだなとも思わされました。

かつて幼少期に海外のインターナショナルスクールに通っていたとき、「日本の教育の力はすごい」としばしば言われました。

たとえば、私の友だちの親が、「日本ではホームレスが新聞を読むことができるというのは本当か？」と、私の親に尋ねたことがありました。「多くの者が読めると思います」と私の親が答えると、相手は「なぜそんな人たちがホームレスになるんだ？」と不思議がるんです。

つまり文字の読み書きができるほど教育を受けているのに、ホームレスになってしまうということが想像しにくいんですね。それくらい、国によっては「教育」そのものが裕福な人々の特権とみなされているわけです。

またたとえば、教育を巡って、こんな会話を聞いたこともあります。

私と家族が父の仕事の都合でネパールに住んでいた頃のことです。「日本人がこの国で家を借りるのなら、なるべく大きな家に住んで、多くの使用人を雇ってくれ」と言われたそうで、私の親は実際そのようにしていました。

トイレとバスルームが五つも六つもあるような大豪邸で、ディディと呼ばれる住み込みの使用人や、ガーデナーすなわち庭師などを何人も雇い、暮らすわけです。

その家の持ち主は軍の「ジェネラル」と呼ばれている人でした。実際の階級がどのようなものか、当時のネパールの軍事組織がどうなっていたかは、よくわかりませんが、相当高位の人物であったことは確かです。

その「ジェネラル」とは家族同士の付き合いを持ち、よく一緒に食事をしたり、狩りに連れて行ってもらうなどしました。

あるとき私の親が「ジェネラル」に、こう尋ねたんですね。

「うちで雇っている人たちの誰も、子どもを学校に通わせられていない。私たちが援助して彼らの子どもを学校に通わせたいと思うが、良い学校はないだろうか」と。

すると「ジェネラル」は驚いた様子で、「とんでもない、そんなことをしてはいけない」と言ったんですね。

理由は、「使用人の娘や息子が、君たちの子どもと同じくらい賢くなったら困るじゃないか」というものでした。

これが階級社会、とりわけカースト制度における「教育」の常識です。

一部の層から教育全般を排除することで、格差を永続させるわけです。こうした国ではあらゆる局面で、あえて子どもに教育を受けさせず、文字の読み書きすら不自由なままにしようとします。

中には、女性全般をそのような状態にするため、教育を禁じる国もあります。

これは私と家族にとって、とてもショックな出来事でした。その後、ネパールは王制から民主制への移行に失敗し、内乱状態となってしまいました。当時、私と同じ敷地で暮らしていた使用人の子どもたちがどうなったかは、わかりません。

こうした社会に比べ、日本は人口が少なくマンパワーが貴重だったからか、はたまた身分制度が厳格なようでいてどこか柔軟だったからか、教育の普及が一般的でした。大名によっては、村人が四書《ししょ》五経《ごきょう》を知らないことを憂い、わざわざ教育施策を行った人物もいます。また浪人の貴重な収入源の一つは、読み書きを子どもに教えることで、寺子屋はごく一般的な教育の場でした。

このように他国が驚くような日本の一般教育が今に受け継がれたおかげで、「国民の九十九％以上」を誇る識字率が実現できているのです。

ただもちろん、差別や貧困と無縁であったわけではなく、とりわけ女性の教育に関しては、入試における合格点数に男女で差をつけるなど、カースト制度さながらの差別が今も取り沙汰されています。

そうした教育の格差が、コロナ禍において永続化されないか、私は心配です。

というのも私はコロナ以前から、日本の教育に関して、悪い風潮が見られるようになったと思っていました。それは、多くの親が「自分の子どもの教育」にばかり夢中になっている、という風潮です。

学校全体の教育環境の改善や、学力レベルの向上を考えるのではなく、とにかく自分の子どもがいかにその学校で優位であるか、その後、より社会で優位となりそうな学校に通わせられるか、といったことにばかり、多くの親が意識を奪われているのではないか。

そうした親にとって、格差はむしろ歓迎すべきことです。我が子が優位にある限り、それ以外の子は格差によってずっとそのまま劣位にあり続けてほしいと願うからです。そうすればきっと我が子も自分たちも、社会的優位を保てると。

しかし実際のところ、こうした自己優位を重視すると、全体のレベルがどんどん下がっていきます。ネパールが王制から民主制に移行しようとしたのも、背景にはカースト制度に支配された社会の限界があったと聞きます。国民のマンパワーがあまりに低く、職業の自由もないので向上心そのものが欠落していたからです。

その分、のんびりとして平和な国民気質が育まれてきたとも言われますが、貧困のせいで乳幼児の死亡率が高止まりしていては、税収も低いままで、いずれ平和を維持する財政も尽きます。

事実、ネパールは外国勢力の干渉もあり、平和を維持できず内乱状態に陥りました。

他方、インドも同じくカースト制度が根強く残る国ですが、コンピュータに関する優れた技術者が次々に現れ、今やIT大国になろうとしています。

実はこれは、カーストを定める経典などに「コンピュータ」が明記されていなかったからです。つまりコンピュータの登場が、インドにおいて史上初めて「どんなカーストの人間も選んでいい職業」を生み出したのです。

私が聞いた話では、インドの貧しい村々では、みなでお金を出し合ってコンピュータを一つ買い、村中の子どもたちにそれを触らせるということが行われたそうです。

そうして「使い方を理解した頭のいい子ども」に村の教育資金を集中させ、都市圏の教育施設に送り出すんですね。

その子どもが高度な教育を受けて成長し、ＩＴ業界で大金を稼ぐようになれば、村を丸ごと支えてくれる存在になります。そうなれば村の教育環境も改善され、かつては一人を送り出すのが限界だったのが、二人、三人、十人、百人と増え、やがては村の子どもの誰もが基礎教育を受けられる環境が整っていきます。

むろん、インド全土の村々の全てでそのようなことが行われたわけではないでしょうが、少なくともネパールとインドの明暗を分けた要因の一つが、こうした「教育」であったことは明らかです。

今の日本の「教育熱心な親たち」は、インドではなくネパールのように、やがてカースト制度じみた格差を、この国にもたらすことになりかねない、と私は思っています。

それは将来、競争の質そのものを低下させ、国全体の貧困化を招くでしょう。

いいえ、日本の学力に関する政府の報告などを見る限り、もうすでにそうなり始めていると言います。その根本的な要因の一つとして、多くの親に、我が子だけ優位であればいいという「狭い競争」を促す何かがあり、それを速やかに見つけ、社会から取り除くべきだと私は考えます。

そして、このコロナ禍においてこそ、「教育の普及に熱心な親」が一人でも多く増えるべきであり、そうして世界に通用する人材を輩出する「広い競争」へと、人々の意識を振り向けさせることが大切なのではないでしょうか。少なくとも私は、強くそう思っています。

二十三　「普通」は存在しない　（二〇二一年六月）

本日は、昨今の世の中で、失われがちなものについて、お話ししたいと思います。まず、このコロナ禍で失われがちなものとして、すぐに思い浮かぶのが、連帯感でしょうか。大勢が無条件に賛同できる何かが、いよいよ稀《まれ》になっている気がします。たとえばアメリカでは政治的な分断が日増しにあらわになっており、背景にある経済的な格差や、人種問題が、「誰しも共感して熱心に解決を望むこと」ではなく、むしろ激しい争いを招く引き金となっています。

この日本においても、本来は一致団結して病禍に耐えねばならないわけですが、マスク一つで物議が醸される状態です。マスクの着用に反対する人、マスクを買い占めて転売しようとする人、どんな素材のマスクでもいいわけではないと言って批判する人など、問題の解決を目指すのではなく、無限に争っているだけのように思えます。

こうして私たちが連帯を失っている本当の理由はなんでしょう。

私にはどうも、人々が生活を共にする上で、拠り所としていた土台のようなものが、崩れ落ちてしまったのではないかと思えます。そうなると、互いに協調し合うための、基本的な相互理解のすべも足らなくなります。結果、相手が何をしようとしているのかがわからず、不信感、怒り、焦りといった感情に拍車をかけてしまうのではないか。

ではいったい、崩れ落ちてしまったそれは、なんでしょうか。

それを一言であらわせる言葉はないかとしばらく考えていたのですが、このたびようやく、ぴんと来るものに行き当たりました。

それは「普通」です。

最も平均的な何かを意味し、誰もが理解できて、当然守るべきものでもある。そういう「普通」が消えたせいで、自分や他者の位置づけを見失ってしまったのではないか。そんな風に思って、どうもそうらしい、と一人で納得したわけです。

問題は、この「普通」というものが、実在しないということです。

多数の人々の間で成り立つ、なんとなくの共通了解であり、もっと言えば「フィクション」なんですね。

このことを理解する上で最もわかりやすい例は、第二次大戦中、アメリカが「最も簡単に操縦できる戦闘機の操縦席」を作ろうとした、とされるエピソードです。

具体的にどうしたかと言いますと、まず兵士全員の手の長さや足の長さ、背丈とか、体重とか、顔の大きさなんてものまで、とにかく計測しました。そしてそのぴったり平均値に当てはまるよう、操縦席を作ったわけです。

その結果何が起こったかというと、事故が続出したんですね。

パイロットからも、「とにかく操縦しにくい」という批判ばかりだったそうで、作った側は、「これはおかしい」と首をひねったそうです。誰もが使いやすいものを作ったはずなのに、誰にも使いこなせないものを作ってしまったわけですから、何かが根本的に間違っていることになります。

それで操縦席作りを担った人たちは、もう一度、兵士の体を計測し直しました。今回は平均値を求めるのではなく、「ぴったり平均に当てはまる人」がどれくらいいるか調べたんですね。

結果は、ゼロでした。

多数の兵士がいるにもかかわらず、「平均」つまり「普通」の兵士は、一人もいなかったわけです。

これは平均値というもの自体が、ある種の「フィクション」であることを物語っています。集団行動を取ったり、何万着という軍服を用意したり、何万台というベッドを設置するときの、なんとなくの基準に過ぎないわけです。いわば何もない平地で方角を示すための目印のようなものです。それがあるからと言って、その平地に最初から目印があったわけでも、それが永遠に存在するわけでもありません。

同様の話は、他にもあります。

あるとき特殊なコンテストが行われました。ミスなんとか、とかいった、美男美女を選ぶようなコンテストですが、そのとき行われたのは「最も平均的な人」を称《たた》えようというものでした。

おそらく身長や体形や顔立ちなんかを大まかに平均化して、それに適合する人を見つけようとしたのでしょう。

答えはもうおわかりだと思いますが、そんな人は一人もいなかったんですね。

きっとコンテストの規模が小さかったからだとか、平均的つまり「普通」であることを恥じて出場しない人がいたんだ、などといろいろな理屈が立てられたそうですが、結論としては「そんな人はいない」ということに尽きると思います。

しかし、この「普通というフィクション」は、驚くほど多岐にわたっており、どんな価値観よりも強固なものとなっていると言えるでしょう。

普通の生活。普通の年収。普通の体型。普通の声の大きさ。普通の髪の色や長さなど。ありとあらゆるものを、なんとなく定めることができる、きわめて便利な「フィクション」であることが改めてわかります。

この、ぼんやりと曖昧なくせに強固である「普通」に、なんとなく従うだけで、社会規範を守り、批判されることを避けて生活することができます。「普通」の人ほど、安全で、良心的で、偏った考えを持たず、扱いやすく、良くも悪くも印象に残らない。

このような「普通」がしっかり機能している限り、自分がどれほど「普通でない」かもなんとなくわかります。自分がどの程度逸脱しているか、はたまた平均的かわかれば、振る舞いや言動の強弱をつけやすいと言えるでしょう。

しかし、今のコロナ禍が、その「普通」を一挙に希薄にしてしまいました。今の生活における「普通」を、日本人だけでなく世界中の人々が暗中模索しているわけです。

たとえば「家を出て買い物をする」というだけでも、どうすればそれが「普通に家を出て買い物をする」ことになるのかわからず、不安や不自由な気分を抱かざるを得ません。

ただ別の見方をすれば、私たちは未《いま》だかつてなく「普通」から解放された、とも言えます。

何が「普通」か、それぞれの経済力や性格や家族構成などを基準にするほかないのですから、今後も自分たちだけの「普通」に従えばいい。

そう前向きに考えることもできます。

実際、この今のご時世だからこそ、様々な言葉に変化が訪れているのを感じます。

たとえば「仲睦まじい夫婦」と書くことは、そろそろ「普通」ではなくなってきました。「夫婦」が、「夫夫」かもしれないし「婦婦」かもしれないからです。日本政府も司法もいまだに同性婚を全面的に受け入れていませんが、だからといって今の世ではそれが「普通」とはなりません。何しろ「普通の夫婦」ですら、実は「フィクション」に過ぎないことが、なんとなくあらわになってきているわけですから。

むしろ「普通はこうだ」という言葉ほど否定されかねないご時世です。私も、自分にとっての「普通」が、他人も同じであると断言できるものは、なかなかありません。

一時は本当に「巣ごもり」していたため、面と向かって会話をする人間が皆無となった時期がありました。しかし私の性格と職業ゆえか、大して苦痛を覚えません。それどころか、いろいろと煩わされることがなくなって大変心地《ここち》好《よ》く、もうしばらくこのままであってほしいとすら思いました。

これが「普通」かと言えば、そうではないでしょう。

多くの場合、「普通」はそのつど調整され、あるいは作り直されてきました。

これからの私たちの生き方は、大きく二つの方向に分かれていると思います。

どんな「普通」もただの「フィクション」であると理解し、このまま「普通」に頼らず生きるか。

はたまた、今の世に特有の「普通」を新たに見出し、それに頼って生きるか。

どちらを選べば「普通」になるのかも、今のところ定まってはいません。こうした定まりのない状態ほど刺激的で楽しさを覚えるか、それとも不自由や不安を感じるかでも、自分や身近な人の「普通」を改めて知るきっかけになるのだと思います。

二十四　紛争について　（二〇二一年十月）

本日は、このところ私が気になっている「紛争」についてお話ししたいと思います。この「紛争」ですが、実際の武力衝突だけでなく、いわゆる紛糾している物事全てのことを言っています。

なぜ気になるかと言えば、この日本においても「紛争」が広がり、かつ蓄積されていっているのではないかと思えるからです。

たとえばいわゆるコロナ対策でも、延々と何かの話題で紛糾しています。何か成果があったという発表に対しても、「いやそうではない、それは正解ではない」といった紛糾がずっと続きます。

東京五輪に関しても、反対意見もあれば賛成意見もあるものの、互いの理に適う部分を認め合うのではなく、紛糾ばかりの印象です。

加えて、年金の問題、性差別の問題、外国人労働者の待遇の問題、少子高齢化の問題、教育格差の問題といった、解消が急がれるものまで、どうしても紛糾を伴う様子です。

実は、こうした状況には、名前があります。「ゴジラvsラドン効果」です。

Aさんがゴジラのように叫ぶと、Bさんがラドンのように、叫び返してしまう。そのせいでAさんがまたもやゴジラのように叫び、Bさんが引き続きラドンのように叫び続ける。結果、町は荒廃し、人々が住めなくなる。二人の争いが第三者にまで影響を及ぼす。そういったことを意味するのが、「ゴジラvsラドン効果」です。

この延々と続く対立を解消するにはどうしたらいいか、という研究もあります。

私が最もわかりやすく参考になると思ったのが、FBIの人質救出チームが作ったという、説得の手順です。

まず、ゴジラの叫び声を、「聞く」ことから始まります。相手の話を遮らず、同調してあげます。そうだね、そうだね、と話を促す。

ここでもし人質を抱えた犯人が激昂《げきこう》してゴジラのように叫ぶのに対し、人質救出チームもラドンのように叫び返したら、当然ながら人質が危険な状態になります。ですので、とにかく話を聞く。

重要なのは、「合わせない」ということ。

相手がいかにゴジラのように振る舞おうとも、決して合わせず、ラドンのように振る舞わない。

そして最終的に、ゴジラであるAさんに「どうしたい？」「どうしたらいいと思うの？」と、解消や解決のすべを求める。

こうすれば解決なんだ、こうすれば解消するんだ、だから言う通りにしろ、と押しつけるのではなく、どうしたらあなたの問題が解消するか、あなたの意見が聞きたいという態度を示すわけですね。

この手順によって、実際に、当時のアメリカにおける銃死者数を激減させることができたそうです。なお現代アメリカで銃死者数が増えているのは、そもそも何も要求せず、はなから撃つことが目的であるため、人質救出とは違う問題が生じているようです。

それはさておき、この「ゴジラvsラドン効果」が続く限り、当然ながらどんな問題も解決せず、ただ荒廃していくのみです。

これを餅《もち》つきにたとえると、Aさんは餅は搗《つ》くべきだと言い、Bさんは餅はこねるべきだと言って、いつまで経っても誰一人として餅を食べることができないようなものです。

なぜこんな風になってしまったのでしょうか。

そう考えたとき、私はふと、今のこの日本で、果たして本当に議論している人はいるのだろうか、と疑問を抱きました。

どうも、様々な記事を読む限り、AさんとBさんが議論をしているというより、それぞれの代理人であるCさんたちが、かしましく争っているように思えるのです。

そしてどうやらこのCさんにとっては、ゴジラとラドンが叫び続けてくれていた方が何かと得であるようにも思えます。いかに大声で叫ぶかということには熱心なのに、どうしたら互いに叫ばずに済むかということには無関心だからです。

私はこれを、「コンフリクト・ビジネス」のCさんと呼ぶことにしました。「紛争ビジネス」のことです。世の中には、武力衝突であれ言葉での争いであれ、紛争をお金に換えることができる人々がいるのです。

たとえばアメリカの選挙は、一大ビジネスとして知られています。多数の代理人やそのスタッフが、ありとあらゆるキャンペーンやプロパガンダを担うことで、莫大《ばくだい》なお金を動かします。こうした人々は、対立が明白で、かつ無限に叫び続けることができるような話題を次々に繰り出し、世間の関心を買うことで、さらに資金を集めようとします。

これと同様、AさんとBさんの対立を、ビジネスとして、あるいは格好の政治活動としてとらえ、とことん叫ぶことで利益を得るCさんが、この国にも相当数いるのではないでしょうか。

本来、何の関係もないのに、「話題になっている対立」を見かけると、進んでどちらかに加担し、注目を集めようとする。そんなCさんの姿をしばしば見かけるのです。

これは明らかにインターネットの発達と無縁ではありません。SNSが一般に普及したことによって、いつでも誰でもCさんになれる土台が築かれたのですから。

そしてまた、SNSにおいては「ユーザーが繰り返しアクセスすること」「そのために注目を集めること」が、巨大なビジネスともなりました。

いよいよCさんが大活躍できる時代が来たというわけです。

こうして、注目を集めるために過激な発言に傾き、攻撃的になり、あるいは自分たちがとてつもなく無残な被害者であると訴える。

しかし実際に問題を避けて通れない当事者であるAさんとBさんからすると、Cさんが叫び続けるせいで、問題そのものがかえって解決不能になったり、話題として消費されてしまって人々の関心を薄れさせてしまうかもしれません。

あるいは、AさんとBさんの対立に関して、「こういう問題も考えろ」「こうした別の側面がある」と言って、議論の範囲を広げるCさんもいます。これも解決から遠ざかるだけでなく、議論を無限に続けることになります。

一番の問題は、AさんとBさんの間に、多数のCさんが現れると、そもそも意見を対立させていたAさんとBさんの対話が阻害されるということです。

こうして、本当はとっくに解決されていたかもしれない問題が、ただ蓄積されていきます。いえ、ただ蓄積されるのではなく、Cさんの利益の種として温存されるのです。

作家としての私は、このCさんは今後の物語上のキーワードになりそうだ、などとつい思ってしまいます。これからはAさんとBさんだけでなく、両者の対立から利益を得るCさんが登場人物として脚光を浴びるようになる気がするのです。

それほど、世の中を動かしているというより、動かしているふりをしながら実は全てを止めてしまっているCさんの存在感が、いよいよ増してきていると言えます。

また、AさんとBさんのどちらかを全否定すればいいのですから、Cさんがすべきことは、ある意味、「誰にでもできる簡単なこと」でもあるわけです。

極端な話、「Aはいなくなれ」「Bは消えろ」と言うだけでいいのですから。あまりに簡単にできるせいで、うっかりその言動がうつってしまい、いつの間にか自分がCさんになっていることに、あるとき突然気づく、なんていうこともあるかもしれません。

いずれにせよ、このCさんの天下が終わらない限り、どんな社会問題も解決することはなく、誰もが終わらぬ何かを引きずりながら生きていくことになるでしょう。

二十五　正義感は正義ではない（二〇二二年一月／八月）

本日は、現代人が摂《と》り過《す》ぎな、あるものについてお話ししたいと思います。

現代日本においては、たとえば塩、砂糖、アルコールなど、かつては貴重だったものが大量に手に入ることによって、摂り過ぎが健康を害するようになりました。

中でも、あまり取り沙汰されることがないものに「感情」があります。正しくは感情を引き起こす「刺激」です。これは様々な形で摂取されますが、今では多くが電子情報によってもたらされます。娯楽作品だけでなく、ニュース記事、ＳＮＳの書き込み、投稿された画像や動画などによっても、感情が引き起こされます。

そもそも、感情とは何でしょうか？

感情という目に見えない何かが漂っていて、それを受け取るわけではありません。またそれは純粋に精神的なものでもないのです。

肉体的な反応の産物であり、脳を通して感情として認識されるものです。

肺や胃が縮んだり、血管が拡張したり収縮したり、五感の刺激によって筋肉が強《こわ》ばったり、好みのタイプの異性を見て鼓動が激しくなるなど、全て肉体に属するものであり、頭の中で生じるものではないんですね。

感情は記憶と密接に結びつくからか、なぜか純粋に精神的なものとされ、肉体とは関係がないと思われがちです。しかし感情を作り出しているのは肉体であり、その多彩な反応と、それが持続する時間の長短によって、人の気分を変化させます。

空腹や睡眠不足は人を不機嫌にし、座り心地の良いソファは人をリラックスさせ、猛スピードで走る車が迫って来れば肉体は緊張して人に恐怖を覚えさせます。脳が恐怖を感じるから肉体が緊張するのではなく、肉体の反射的な反応を理解した脳が、それを感情の一部として処理しているのです。またもちろん脳も肉体の一部ですから、状態によってはそれ自体が感情のもととなる反応を起こします。

もし、感情が純粋に精神的なものであれば、「苛々《いらいら》して眠れない」とか、「緊張して食欲がない」とか、「手に汗を握る」などといったこともないはずです。

何より感情の最大の特徴は、分け与えることができず、そのため理屈に合わせるのが苦手であるということです。

たとえば、ある人の幸せな感情を、そのまま誰かに与えることはできません。その人だけが味わうばかりで、隣にいる人はちっとも同じ状態にはなれません。これは自分の肉体を誰かと共有できないからです。

また、いくら値段をつけるから、このような感情を持てと言われても、なかなか器用にそうすることはできないでしょう。どれほどお金を積まれても、嫌悪を抱く対象を、一瞬で愛するようになるのは、至難のわざです。なぜなら肉体的な反応を自らコントロールせねばならないからです。生理的嫌悪感、という言葉がありますが、嫌悪感というのはもともと生理的なものなのです。

他方で、人は「共感」ないし「共鳴」することができます。肉体的な状態を、特定の誰かに寄せていくことによる同調です。コンサートでは、大勢が同じリズム、つまり同じ震動を感じながら、目の前で歌い踊る者に一心に集中します。そのためあたかも大勢が同時に同じ感情を抱いているように感じられますが、当然、個人差はあります。自分が感動して涙ぐんでいる隣で、友だちはトイレに行きたいのを我慢しているかもしれません。

また、いわゆる「影響力のある人物」が、聴衆に向かって声を放ち、特定の感情を喚起させようとする場合も、五感への刺激は欠かせません。その人物の挙動や声質、その背後に何が見えるか、周囲に何があるかで、喚起される感情すなわち肉体の反応は異なります。

その人物の振る舞いや壇上の飾りつけが場違いに見えれば、聴衆の鼓動は高まらず、目は焦点を失いがちとなり、手足がもじもじ動いてその場を去りたいと訴え始めます。

感情というものは、人の人格と肉体を結び付けるもの、と言い換えることができます。

何の感情もなく過ごすということは、肉体が最小限の生命維持しかしていないということであり、そんな状態では生存している実感すらなくなります。何のために生きているのかもわからなくなるでしょう。刑務所の独房が過酷な場所となるのはそのためです。

この感情を健全で楽なものにすることが、人生を豊かにするすべの一つであるという考え方に反対する人は少ないと思います。

逆に、怒りや苛々といった感情、すなわち肉体的な反応に従い、うっかり行動に移してしまうなどすると、自らの人生を破壊しかねません。

よく駅のポスターなどで「暴力は一瞬で一生を台無しにしてしまう」といった文言が見られますが、肉体的な反応をコントロールできないと、そうなるということです。

いくら頭で激しい感情を抑えようとしても、あまり意味がありません。余計に抑圧するだけです。激しい怒りを覚えたのなら、落ち着けと自分に言い聞かせる前に、冷たい水でも飲んだ方が落ち着くでしょう。

子どもの頃、ある神父から、「若い木は、果実を一つぶら下げるだけで枝が折れそうになるが、成熟した樹《き》は、いくつもの果実を一つの枝に実らせることができる」というお話を聞きました。この果実は感情のことです。成熟すればするほど、些細《ささい》な肉体的な反応によって行動を促されないようになるということの喩えです。

そして私たちは、メディアやインターネットの発達によって、この感情を一つの枝に、どっさり実らされることが日常となってしまいました。

とりわけ、気をつけなければならないのが、「正義感」と呼ばれる感情です。ある肉体的な反応に、脳がこの感情の名を与えたとたん、人は行動を抑えることが大変難しくなります。それは人を英雄に変え、無償の努力を当然と思わせる、社会においては不可欠でもある感情です。しかし本当にそれが正しい行動であるかは、その行動が完結し、周囲の人々が評価を下すまでわかりません。

人の「正義感」は、イコール「正義」ではないのです。「正義」とは厳密なルールであり、ときに複雑怪奇なほど入り組んだ法解釈によって下されます。情状酌量といった言葉はありますが、裁定は感情で決まるものではなく、それこそ純粋に精神的な行為であり判断であると言うことができるでしょう。

しかし「正義感」は、そうした理屈とはかけ離れた、瞬間的で単純で無分別でさえある、肉体的な反応なのです。もし誰かが殺されそうになっている現場に遭遇したら、「これは法的にどうだろう」などと考えている余地はなく、逃げるか助けるか助けを呼ぶか、刹那の間に判断を下さねばなりません。いえ、それは判断というより、自分がどう動くかなど考えてもいられないほど、無意識の肉体的な反応になるでしょう。

こうした「正義感」が、ときに社会の維持に重要であることは、誰かの無償の努力によって、事件や事故から救助される人がいることから明らかです。あるいは非人道的な制度が多数の「正義感」によって覆されることで、社会が改善されることもあります。

かといって、全ての「正義感」が社会に有用であるとは限りません。むしろインターネットの発達によって、むやみやたらと刺激を受けるようになってからは、「正義感」をふくむ肉体的な反応のほとんどが、場違いな可能性があります。ばらまかれた情報が、そもそも間違っていた場合、それに対する反応そのものが無意味となります。ましてやうっかり信じたがために「正義感」を覚え、行動に移し、まったく無関係の人間を攻撃したとなれば、それは当然ながら「正義」ではなく「迷惑」であり、下手をすれば「犯罪」になります。

欧米の魔女狩りでは、そうした思い込みと勘違いによって大勢が無惨に殺されました。現代でもまったく同じことが起こっていると思わざるを得ません。また、火炙《ひあぶ》りにするのではなく、誹謗中傷で無実の人を叩きのめすというのは、実のところ日本ではかなり歴史があります。「呪詛」という言葉が示すように、誹謗中傷は、平安時代では政争の常套手段《じょうとうしゅだん》でしたが、現代でもそう変わらないと言えるでしょう。

どれもこれも「正義感」のなせるわざであり、近頃は「正義中毒」などという言葉すら聞きます。これは明らかに肉体的な反応をコントロールできなくなっている状態をあらわしています。

中毒も肉体的な反応で、とりわけ不健全で危険なものと言えます。お酒を飲むことがやめられなくなるのと同じように、「正義感」から行動することがやめられなくなるのであれば、立派な病気と考えるべきでしょう。

いったん肉体的な反応の連鎖を断ち切り、脳もふくめて全身をリセットするためだけに、時間と労力をかける必要があります。

また、「正義中毒」がどれほど一般的で、深刻かは、どこかの機関による調査結果を待たねばなりませんが、少なくとも私は今後、細心の注意を払うべきだと思っています。

私自身が「正義感」に酔ってしまわないよう気をつけるだけでなく、読者に「正義感」を「正義」と勘違いさせてしまうような作品づくりを慎まねばならない時代になった、と思うからです。

現代は、ありとあらゆるものを過剰なまでに享受できる時代です。砂糖、塩、アルコール、娯楽、ギャンブルなど、滅多に味わえなかった時代とは画然と異なり、誰もが何かしらの中毒にならざるを得ないのではないかと思われるほどです。

何しろ「携帯電話中毒」の人のための、「携帯電話を入れて蓋を閉じるとタイマーがゼロになるまで開かない箱」が商品として成り立つのですから、いったい何に中毒になるかも予断を許しません。

インターネット上のサービスをはじめ、多くの企業が、合法的に人を中毒にすることで今も成り立っており、莫大な利益を得ていますが、そうした中毒の連鎖からもできる限り距離を取れないものかと考えます。

中毒は、ある一つのもの以外の価値を全否定します。お酒を飲むことの方が、子どものために働くことよりも大事になってしまうというように、それ以外の価値を実感できなくなってしまうのです。そんな状態が幸福であるとは思えませんし、それで社会が活気づき、発展すると信じることはできません。

そんなわけで、私個人においても、この社会においても、「正義感」こそ今最も警戒すべき感情であるのだと思います。何しろ、インターネットおよびSNSのような種々のコミュニケーション・ツールは明らかに「個人の正義感を抑制する機能」を備えていないのですから。いえ、そもそもそんな機能を備えることに成功した何かが、世に現れたためしがあるのか、と問うべきかもしれません。

であれば、自他の「正義感」の正しい抑制と発揮のすべこそが、これからの時代の新たな知恵として、注目されるでしょう。ぜひそうなってほしいと心から願います。

二十六　話していたいだけかもしれない（二〇二二年五月）

本日は、私が最近ニュース記事やオピニオン的な文言を見るたびに思うことをお話ししたいと思います。

というのも、読めば意味はわかりますが、しばしば意図が読み取れず、途方に暮れるような思いを味わうことがあるのです。

たとえばちょっと前、「自己責任」という言葉を巡る記事が、そうでした。

そもそも自分の人生ですから、責任は自分にあります。それをわざわざ強調して、「お前たちの責任だ」と声を上げる。

そしてどうやら、福祉を削減したいらしい。財政が逼迫《ひっぱく》して行政が限界をきたしつつある。だからこれからは自己責任であり、生活保護は受けるべきではないなどと言う。

何か深い意味があるだろうと思ってしっかり読んでも、まるでわかりません。

自己責任は自己責任、福祉は福祉、財政は財政。それぞれ異なる層に属するものです。なぜ個人の人生と、行政の一機能と、財政を、地続きにされねばならないのでしょう。

福祉をやめれば財政が健全化されるとでも言うのでしょうか。もしそれでも健全化しなかったら次は何をやめる気でしょう。ゴミは自己責任だと言って清掃事業を放棄するかもしれません。

実際に、アメリカではそうした社会実験が盛んに行われています。財政を極限まで縮小させた結果、警察署にはパトカーが一台しかなくなり、しかも修理代が払えないため故障したまま放置している、といった状態になり、結局は破綻してしまったといいます。

そもそも福祉なき行政は何のためにあるのか。その分、税金が大幅に安くなるわけでもありません。これなら「いよいよ国民の憂さ晴らしのために合法的に弱者をいたぶる政策を推進する」と言われた方が、まだ意図が明らかです。そのような政策を取る国は世界のあちこちにありますから。

あるいは、「あまりに万引きが多いせいで店をたたまざるをえなくなった」というのと同じように、「制度があまりに悪用されすぎたため崩壊した」と言うのならわかります。しかしそのような行政機能の崩壊というのは聞いたことがありません。

そして「自己責任」という言葉が意味する範囲の広さ。これが意図を不明にしている一番の要因です。アメリカの西部開拓なみになんでもかんでも自分でやることになるのでしょうか。もしそうなれば、銃を買って自衛に努めるということまで必要になります。アメリカの一部の地域ではいまだにそのような気風が生きています。

ここで、別の自己責任についての例を挙げます。健康です。国民の健康のため、今からおよそ百年前に日本で作られたのが国民保健体操、のちのラジオ体操です。

これを日本で習慣化させたのは当時の逓信省《ていしんしょう》簡易保険局だったといいます。現在のかんぽ生命です。なぜ保険局が国民に体操をさせてまで健康にしたかったか。当時の簡易保険の制度が大変国民に有利で、高齢者が病気になって亡くなると、けっこうな保険金が出ていってしまうからです。下手をすると保険局の存続に関わるため、国民に健康を維持させる施策を必要としたのだと聞きました。

現代であれば「健康は自己責任」「簡易保険局の勝手な都合」などといった反論が出そうですが、結果としてラジオ体操は今でも国民的体操として認知され、かつ大勢の健康維持に役立っています。もちろん簡易保険局が破綻することもありませんでした。

こうした三方丸く収まる施策を追求することで国・社会は成り立ちます。アメリカの極端に自由主義的な社会実験と比べ、どちらが人のためになるかは明らかです。

さて今、私たちは国民として、いったいどのような「責任」を自覚させられようとしており、またそうすることでこの国と私たちは、どのような未来を勝ち取りうるのでしょうか。今のところ、そうした目標について語る文言を見かけたためしがありません。

さらに同じようにわからないのが、「中立」です。

ウクライナ紛争を巡って、「日本は中立を保つべき」という意見ないし議論です。

いったい「中立」とは何でしょう。定義が明らかなようでいて、不明です。

大きく分けて、「中立」には二つの方向性があります。

一つは、完全に無関係になること。ウクライナともロシアとも距離を取るだけでなく、紛争に関与する欧米にも、「紛争に関わる気はまったくないし、そのために全ての付き合いをやめる」と主張し遠ざかる。そういう「中立」です。

しかしこれが不可能であることは誰でもわかると思います。今さら「日本は鎖国します」と言い出すようなもので、そんなことをすれば世界中から不審の目で見られ、最悪の場合、孤立して物資や情報が遮断されて国が崩壊するだけです。

もう一つは、どちらとも関係を持つことを周囲に認めさせることです。

ウクライナもロシアも援助する。どちらの難民も亡命者もありったけ受け入れる。赤十字のように戦場の全ての負傷者の治療に努力する。どちらにも戦争の継続に必要な品を売る。ウクライナが穀物を売るというならそれを買い、ロシアが原油とガスを売るというならそれも買う。こういう中立も存在します。

そして、これまた不可能です。日本に対して激怒する国が出てくるでしょう。それ以外の国々からも白い目で見られます。国際的な信頼を勝ち得るどころか、紛争経済で稼ごうとする人道的に最悪の保身に走った国とみなされるに違いありません。「オフショア」と呼ばれる租税回避地に倣うように、紛争中の国の両方から独自に利益を得る真似をすれば、顰蹙《ひんしゅく》を買うだけです。

こういうわけで、どちらの「中立」も手詰まりです。では他に、どのような「中立」

があるのか。そもそも「中立」でいるべき理屈は何なのか。

漠然と、「戦争というものから遠ざかることが文明人なんだ」という、残念ながら今この時代にまったく適合しないことを主張されても、「戦争の方から近づいている」のが現実です。国としてそれをどう回避し、被害を最小限にとどめるかという議論ならわかりますが、無関係でいられるはずだと言われても、信じるわけにはいきません。

戦後、日本が表向きは「中立」と言いながらヴェトナム戦争で必需品を山ほど売って儲けることができたのは、アメリカ軍の中継拠点の一つだったからです。

数十年前から日本にはアメリカの軍事基地が存在するのに、「中立」であるはずがないのです。そしてもし日本が本当に「中立」になってしまったら、アメリカとの同盟なしでやっていけと言われ、世界に放り出されることになりかねません。

実際、最悪の場合そうなってもいいよう、日本政府が必死にアメリカ以外の国とも今以上につながろうとしているこのとき、「中立」はかえって最たる悪手となります。

世界中の国から「日本は危ないことから逃げる国だから、もし戦争になっても頼れないし、だったら自分たちが日本を助けることはない」と思われてしまうかもしれません。

余談ですが、作家業なども「中立」はありません。ある価値観に寄り添うなり、主張するなりするわけです。もしどっちつかずの文章を書けば、読者は何を読んでいるのかもわからなくなります。

それはさておき、こうした懸念は全て、政治や軍事の素人に過ぎない私が、なんとなく抱くものです。ということは大勢が自然と思うことでもあるでしょう。大事なのは、そうした一般的な思案を当然踏まえた、より高度で広汎な政治的判断です。

私はそれが知りたくて、ウクライナ紛争が始まって以来、様々な文言に目を通しています。しかし「何が起こっているのか」を巡る議論が大半で、ほぼ全て海外メディアの報道によるものです。日本独自の取材は大して見られません。戦場カメラマンの記事が読めるだけで、それはもちろん有意義だし、現地の有様を知る貴重なすべではあるのですが、私たちの今後を定めるような、高度な政治的判断を示すものではありません。こんな風に情報が不足している状態にもかかわらず、「中立」について語れば、何を言っているのかわからなくなって当然でしょう。

しかも、かねて話題となっている「自己責任」に、「中立」が合流したような文言であるとなると、ワンダーランドに踏み込んだ気分にさせられます。

どうやら「国家的な自己責任論」とでも言うべき文言では、日本も「中立」のためにこそ「自己責任」で武装や武器輸出を解禁すべきだと主張します。流行語を取り入れただけのラップかと呆気にとられるばかりです。

とりわけ「核シェアリング」についての乱暴な文言には目を白黒させられました。

実は日本は、「核弾頭を作る技術」「核ミサイルを作る技術」「そして核燃料」があることから、すでに「潜在的な核保有国」なのです。そのため欧米が、「日本にあまり核燃料があるのはよくない」ということで、わざわざ馬鹿でかい船で持って行ってしまったこともあります。

つまりわざわざ持つ必要はない。なのにシェアリングするというからには、「保有」から一歩踏み込んだ「使用」の領域に入り込むことになります。

そのシェアリングの構想は漠然としていてよくわかりませんが、原発事故を起こしてまだ十年とちょっとしか経っていない、核の管理力の低さを世界に見せつけた日本が、どのような仕組みで核ミサイルを管理するのでしょうか。しかも全国の原子炉がテロの対象になった場合、防ぐ手段はほぼ皆無という状況で、さらに核ミサイルを管理するというのですから、無茶苦茶です。

管理とはただ「保有」するのではありません。いざというときは「使用」するのです。

余談ですが、アメリカもロシアも、けっこうな数の核を「紛失」しています。輸送中の事故で海に落としてしまったり、ソ連崩壊時にミサイル基地ごと埋め立てたりして「消えた核弾頭」があると言うのです。アメリカでは「ブロークンアロー」と呼んでいるそうで、洒落《しゃれ》た名前などつけていないで探せと言いたくなります。

日本でも「シェアリングしたはずの核の数が合わない、いくつか消えてしまった」ということがないとも限りません。そうした事故を完璧に防ぐ制度を構築し、国民の理解を得るまでの道のりは、どのようなものになるのでしょうか。もし「なし崩し」で実現するとしたら、次に起こるのは、「なし崩しで核を撃った」という事態であるかもしれません。

また、さらに別の議論があります。

電力不足です。夏が近づいていますが、節電の必要性が取り沙汰されています。これもそろそろ何を言っているのかわからなくなってきました。電力自由化が行われた国で、電力不足になれば価格に反映されるなどして、結果的に安定へ向かうはずではなかったのでしょうか。なのに節電要請です。そのくせスカイツリーは煌々《こうこう》と輝いています。オリンピックもやります。

誰か筋の通った説明をしてくれ、と大勢が思ったのでしょう。節電を巡る文言も多く見ましたが、筋が通っているようなそうでないようなものが大半です。業界の仕組み上のことと、時節柄そうであるということと、技術的なことが、複合的に絡み合っているのでしょうが、どうやら誰にも明快な説明はできないようです。

このように、「わからない」ことが積み重なっているということを、そろそろ認めるべきではないでしょうか。

私たちは、ときとして、「ただ話している」ことに安心をします。コロナ前の会議など大半がそうだったと言いたくなります。

とにかくたくさんの議論が重ねられているという実感に、安心させられるのか、憂さ晴らしをしているのか、自分の存在価値を感じているのかわかりませんが、さすがに、ただ話をしているふりが多すぎるのではないでしょうか。

議論がショー化しつつあると言うと極端ですが、本当に問題を解決するために踏み出さねばならない一歩手前で、延々と足踏みし続ける文言がずいぶん増えたのも、「とにかく何かを言うことで人心を安らがせよう」あるいは「自分の存在をアピールしようという努力なのかもしれません。

実際、湾岸戦争や9・11直後に、そうした文言を多く見た記憶がよぎります。

しかし私たちが今直面しているのは、財政、国防、エネルギー問題、他にも少子高齢化や環境問題など、途方もなく複雑で、しかも山積してしまった問題です。

それらをどうするか、そろそろ政府や国民が、共通了解を持つべきときが迫っていると言えます。

そしてそのためにも、私たちは一度、黙った方がいいのかもしれません。

黙禱《もくとう》ではありませんが、話すこと、文言を発すること自体が目的化していることを自覚するためにも、口を閉じ、手を止め、発信を控える。

そうすることで初めて、自分たちが今、最も目を逸らし耳を塞いでいる不安の対象が、はっきりわかるかもしれません。

二十七　数字の引力　（二〇二二年十一月）

本日は、「余裕を持つとはどういうことか」というお話をしたいと思います。

と言うのも私自身、長らく、余裕を持って仕事をしよう、生活をしよう、と心がけながら試行錯誤をして参りましたけれど、このたびまたしても余裕がなくなりまして。年の初めに、十分な余裕を持たせてスケジュールを組み立てたはずであるにもかかわらず、今年終盤に差しかかって見事に休日返上の日々を送っております。

もちろん日々、計画を立てては修正をしているのですが、結局忙しいんですね。そしてどこかでちょっとずつ無理をしなければいけなくなる。

ようやくいろいろ片付いたあとで、なぜこうなったのかなと考えるのですが、やはり同様の目に遭う。

これはそろそろ一歩引いて、「余裕を持つ」ということについて考えるしかないと思い立った次第です。

まず、「余裕ができたら」なんて言葉を私たちはしばしば口にします。お金が貯まったらとか、お仕事が終わったらとか、あるいは子どもが育って成人になったら、と考えている方もいると思います。

このように「余裕」には条件があるという考え方が一般的なのではないでしょうか。そしてその条件を満たすためにも計画が重要だ、というのが、ファイナンシャルプランなどでも必須の考え方だと思います。

問題は、この条件は不変ではなく、計画も様々な要因によって影響を受けるということです。

不幸なことについて列挙するのはちょっと気が引けますが、たとえば「お金をごっそり盗まれた」「仕事上ものすごいトラブルに見舞われた」「自分や子どもが事故や病気で障害を負った」といった事態に直面した場合、条件も計画も変更を余儀なくされます。

とりわけインターネットの発達と、その後のコロナ禍における「余裕」の変化は、まさに「禍福はあざなえる縄のごとし」とでも言うべきものでした。

私がインターネットのテクノロジーと分かちがたく結びついたのはｉＰａｄを導入してからです。

様々なアプリを駆使することで、一冊の本を書く過程で、紙を一枚も消費しなくなったのです。かつてファックスによるやり取りか、印刷してのち郵送することが当然だった作業が、メール一本で済むようになりました。

原稿の校正作業も電子画面一つで完結し、過去のどのファイルを参照するのも自由自在です。それまで書類棚をいくつも設置しなければならなかったのが嘘のようで、これほど仕事が楽になるのだから、今後どれほど余裕に満ちた日々になるのかと信じがたい思いでした。

またしばらくして、コロナ禍の影響によってリモート会議がようやく日本でも一般化しました。会議に出るために、電車を乗り継ぐ、あるいはタクシーを拾うなどして、仕事相手である会社まで赴く必要がなくなったのです。

この時間短縮の恩恵はとてつもないもので、一年が倍になったようだ、とまでは言いませんが、少なくとも三割増しで余裕が出たことは間違いありません。

加えて、ロボット技術も発達しました。我が家には、掃除機ロボットと窓拭きロボットがおりますが、どれもせっせと働いてくれるおかげで、ちょっとした余裕がこつこつ貯まるようになりました。

このようにテクノロジーの恩恵を受けることで、私は、十二分に余暇に恵まれた人生になること請け合いだ、とかつては信じさせられたものです。

しかし現実は、そうはなりませんでした。

いったいなぜか。

そのことについてお話しする前に、別のお話を一つさせて頂きます。

昔、ある修道院で、洗濯機とランドリー型の乾燥機が導入されたそうです。

それらは当時、最先端の発明で、それが導入されたことで、修道女たちは重労働から解放されることになりました。何しろシーツも服も全て勝手に洗って乾かしてくれるのですから、それまで何時間もかけてやっていた手洗いに比べれば、まったくと言っていいほど労力がいりません。

これで修道女たちは大いに余裕を持つことができるはずでした。しかしその結果、どうなったかと言えば、いじめが流行ったそうです。何時間も余裕が出たため、その空いた時間で、どうやらそれまで意識せずに済んでいた人間関係が悪化し、ひどいいじめが行われるようになってしまったのだとか。

またもう一つ、似たような事例として、Twitter のリプライ、YouTube あるいは Yahoo! ニュースのコメント欄などがありますが、あれも、一般人による発信がとても手軽になったことで一世を風靡しました。

それまで世に意見を訴えるとしたら、新聞や雑誌に投書するくらいしかすべがありませんでした。さもなくば横断幕を掲げてデモをするか。記者会見なんて今でも一般人にはそうそうできるものではありません。

広く世に問うことには、ものすごい労力と時間がかかった。それが指先の操作だけでできるようになったわけですから、さぞ建設的な世の中になるだろうと思われました。

しかし結果、ヘイト問題というものが急増しました。今でも問題になっており、しかも明快な解決のすべがありません。

しかし私は、多くの方がそれほどまでに心の中で憎悪をかき立てていた、とはどうしても思えないんですね。

これも修道院の洗濯機と同じで、むしろ容易にことを行えるようになったことで、それまで見たり考えたりしなくてよかったことにふれる機会が増え、それがために負の感情がわき起こり、余裕が悪い意味で人々に感情的な行動を促したのではないか。どうしてもそう思えるわけです。

ここで先ほどのｉＰａｄ導入の話に戻りますが、とても余裕に満ちた日々が約束されていると信じたにもかかわらず、導入当初は、まさに「激忙」の一語でした。

何しろメールが日に山ほど来る。校正も数日で出て、それを返したかと思えば、すぐにまた来る。余裕などかけらもない日々を経てのち、「あえてメールを返さない」とか、「校正原稿が送られてきたからといってその日のうちに開かない」といった知恵を得ることで、やっとひと息つきながらの作業が可能となったわけです。

その傾向は今もなお続いておりまして、たとえばリモート会議が普及したおかげで、誰もが余裕を持って会議に臨めるかと思いきや、あるときリモート中に、議題とは関係のない話題と言いますか、知らない人の声が漏れ聞こえてきたんですね。

音量が低かったため何を言っているのかわかりませんでしたが、明らかに別の話が進んでいる様子に、「誰か、会議を複数同時にしてるんですか？」と会議のメンバーから突っ込みが入りまして。

「そうしないと回せなくて」というのが、まさにそうしていた人の言い分でした。オンラインだからと、どんどん会議の数が増え、とりわけそれが管理職の人間に集中した結果、日に何件もリモート会議が入ってしまって断れないと言うのです。

苦言を呈すべきか、笑うべきか、同情すべきか、なんとも反応に困る瞬間でした。

他方で、「若者の最近の飲み方」という話も聞きました。

最近の若者は飲み会に付き合わない、人付き合いが希薄だ、なんて私たちの世代は言いがちだったんですけれど、そうではない、と言うんですね。

先日ある部長さんが、何人かの部下たちと久々に飲食を共にしたそうなのですが、若い人たちはずっと携帯電話をいじりながら、こちらの話にも付き合っていると。

部長さんが、君たちはそうやって携帯電話で誰と連絡を取り合っているんだと聞くと、家族であり、友人であり、SNSでつながっている人であり、今度同窓会をやる予定の旧友たちだのなんだのと言うんですね。

「飲み会に出ながら、同時に何人もの相手とやり取りをしている」ことに部長さんは仰天したそうです。「君たちそんなことして疲れないの？」と思わず訊いたところ、若い人たちは「とても疲れます」と答えたそうなんですね。

しかも、「だからアルコールは飲めないんです」と言ったそうです。頭をしゃきっとさせておかないと、多数とのやり取りができないからです。人付き合いが希薄どころか、濃密すぎて個人の楽しみが圧迫されるほどであると言えます。

私も同様に、次から次に返信が来ることに、ほとほと疲れたことがあります。と言うより、今月はとことん疲れました。

そろそろ本気で反省をしなければいけないと思い、このように「余裕をもたらすはずのものに余裕を奪われる」という有様を直視し、問題と解決のすべを真剣に考えることに決めたわけです。

そこですぐに行き当たったのが、まさに「問題と解決のすべを真剣に考える」ことで、繰り返し余裕が失われてきたのだ、という本末転倒と言っていい現実でした。

問題と解決とは、限られた時間の中で、より多くの仕事を片付けられる方法を見つけ、実践することです。

それは、ｉＰａｄを導入し、洗濯機を導入し、携帯電話とアプリを駆使することです。

結果、できることが増えます。

と普通に考えてしまうのです。

つまり、これこそ思考の硬直と言いますか、生活態度が変化していない証拠でして、時間的余裕が増えたことはすなわち「できることが増える」ことである、と考えること自体、はなから余裕を費やすことにつながっているわけです。

時間があればあるほど何かに費やさねばならない、その分だけやれることが増えるはずだ、それが生活の多様さや豊かさに通じるはずだと信じる。

これこそが、自転車操業と言いますか、右足でペダルを漕《こ》いでのちは、すぐさま、それこそ間髪を容《い》れず、左足でペダルを漕ぐのが当然だという、「余裕のない生活」そのものなのでしょう。

結局、あればあるだけ使うのなら、お金であろうが時間であろうが、いくらあっても足りることはありません。当然ながら「余裕」が生まれるはずもないのです。

得るべきは、「問題と解決のすべ」の思案ではなく、「問題だの解決のすべだのとは無縁の時間」そのものなのに、「時間があるなら使わねば勿体《もったい》ない」という気持ちが、余裕を食い潰していたわけです。

考えてみれば単純なのですが、どうしてこの悪循環から抜け出すことができないのでしょうか。

いっとき、「デジタルデトックス」なんて言葉が流行りました。携帯電話をわざと部屋に置いて出かけたり、パソコンから遠ざかるために旅行をしたりと、とにかく便利な道具から離れるわけです。しかし結局、デトックスの時間が終わると元《もと》の木阿弥《もくあみ》です。それまでと同じことを繰り返すしかありません。

しかも生活態度が変わらないわけですから、デトックスをしているかと思いきや、また別の何かにとらわれていることもしばしばです。せっかく電子機器から解放されたのだからと言って、たとえば一日に美術館を三件も四件もはしごしたりする。しかも夜には映画を観る。結果、その日、何を目にしたのかよくわからなくなる。私もよくそんなことをして、なぜこんなに疲れているんだろう、などと思ったものです。

結局のところ、「より良く生きたい」という思いのなせるわざとしか言いようがありません。より優れた作品を提供したい。努力家でありたい。完璧でありたい。無駄を省いた効率的な生活をしたい。豊かで刺激的で満ち足りた日々を送りたい。

そしてそのせいで、余裕が枯渇していくわけです。

ミヒャエル・エンデの『モモ』という作品に、時間どろぼうという存在が描かれますが、まさにそれだと思いました。一生懸命に頑張ろうという人ほど、時間どろぼうに目をつけられてしまうのです。

ではこの時間どろぼうの正体は、何でしょうか。

私は、「数字」だと思っています。

かつて、多くの人が「四」以上数えられなかった社会があったと言います。教育が不足していたのではなく、その社会では「四」が上限だったわけです。一、二、三、四、たくさん。それで足りていた。

日本でも、「八」あるいは「八百」がある種の上限だった時代があります。八百屋とか、八百万《やおよろず》とかで数字は打ち止めで、それ以上は数える必要がありませんでした。

しかし現代では、数は無限です。

かつて子どもの頃、お小遣いが九百円あれば、「わー、いっぱいだな！」と思った時期がありました。しかし少し知恵がつくと、「あと百円で千円だ」と、次を見るようになります。さらにこれが千百円になると、「二千円に近づいた」と考える。

これが無限に続くわけです。お金だけでなく、時間もそうですし、仕事もそうです。一時間で一本仕事を終えられた。もし三十分で一本終えられるようになれば倍の報酬がもらえる、という具合です。

私も、一ヶ月に連載を三本こなせたので、次は四本にチャレンジしよう、といった具合に考えていました。

SNSの「いいね」とか「リツイート」とか「フォロワー」の数もそうです。いずれも人を容易に中毒にさせるものとして莫大な予算を費やして設計されたシステムです。

こうした「数字の引力」というのは、大変魅力的です。なぜなら報酬に直結するからです。もしくは「報酬が得られた気分」に直結します。

人の努力は報酬があってこそです。そのため努力を惜しまねば報酬は増えると思いがちですが、そこにトリックがあります。

人の寿命は有限です。一日の時間も有限です。報酬を増やすための努力を惜しまなかったとしても、持ち合わせた時間に変化はありません。努力で時間は増えないのです。同様に人の肉体のポテンシャルも有限です。二十四時間のうちに活動できる時間は限られています。にもかかわらず徹夜をすればポテンシャルが増えると思い込む。体力を消耗しているだけで時間は増えません。それが時間どろぼうのトリックなのです。

このトリックから逃れるすべは、時間というものに立ち返ることです。

つまり無限ではないと気づくことです。人が稼げるお金は理屈の上では無限でも、生きられる時間も、一日に働ける時間も限られているのです。

効率を高める努力も、百年後に自分は生きてはいないという事実を忘れては意味がありません。与えられた僅かな時間、限られた自分の時間を、何に振り向けるか。何に振り向ければ、自分は「余裕がある」と確信できるか。それを知ることが、「余裕貧乏」から脱し、時間どろぼうを追い払うすべなのだな、と私は思うに至ったわけです。

自分は「これくらいの期間で死ぬだろう」と見定める。あるいは自分が「健康を維持できるのはこの年齢までだろう」と推測する。それを基準にして人生を考える。それ以上の時間はないと理解する。

どれほど努力をしても「寿命の余剰時間」は手に入らない、ということを知る。

人にとって大変難しいことですが、その目算ができない限り、時間どろぼうを追い払うことはできないらしい、というのが、今のところの私の実感なのです。

おわりに

「無知の知」という考え方があります。大昔にソクラテスという方が言い出したことだそうです。ソクラテスは「哲学の父」とも言われるほど名高い人物ですが、その方が言うには、無知であることを自覚することで、「本当に考える」ことができるのだとか。

まったくその通りだなあ、と最近よく思います。

というのも、「そんなことも知らないのか」などと言って相手を黙らせ、自分だけが居心地良くなろうとする態度が、ずいぶん一般化してしまったように感じるからです。

相手の無知を弱点とみなして攻撃することが当たり前になればなるほど、意見を述べることが憚《はばか》られ、互いの経験を共有する機会が減り、あるのは揚げ足取りばかりとなります。

私自身も何度か、硬直しきって末期状態となったような会社などで、そうした「惨状」を目の当たりにしたことがあります。会議を開けども、ささいなことで咎《とが》められるため誰もまともに発言しようとせず、ただひたすら萎縮し、ペナルティーを受けるのは自分ではありませんように、と祈るばかり。しかもそうした状態であっても会社が利益を出している場合、今のままでいいのだという強固な共通了解が人々を支配し、社内の

でした。

そうして、ろくに考えることもせず、もごもごとしか言葉を発せないくせに、誰かが弱みをみせるや、ものすごい勢いで噛《か》みつく社員だらけになるわけです。そんな、ゾンビのような働き方、ないし生き方をしている人々がいるのか、と唖然《あぜん》とさせられたものでした。

そして今では、そのような状態が、どこでも見られるように思われてなりません。SNSを通して広まった「紛争ビジネス」や、コロナ禍における執拗《しつよう》な陽性者狩りなどによって、そうなってしまったのか。それとも、もともとそのような社会であることが、改めて可視化されただけなのか。私にはどちらともわかりません。

そもそもなぜ、相手の無知を攻撃する根拠となる、「誰もが、知るべきことを全て知っているはず」という前提が、生まれてしまうのでしょうか？

人は、互いの経験を共有し合うことで、やっと世界の片鱗《へんりん》を認識することができます。個人が五感でとらえられるものや身につけられる知識など、たかが知れているのです。なのに、相手の無知を咎めることが、自分にとって有益であるなどと考えれば、自他ともに、どんどん認識できる範囲が狭まってしまいます。

もしかすると会社あるいは社会によっては、「全員の視野が狭い方が良い」のかもしれません。なぜなら、全員が同じようなものを見て、同じように判断するからです。

私自身は体験していませんが、戦時中の日本など、まさにそうだったのではないかと思います。「一億総なんとか」というフレーズが流行するたび、「ついて来ない者は排除する」と言わんばかりだなとつい眉をひそめますし、何十年も前に終わったはずの戦争の記憶は、まだこの国に残り続けているのだなと思わされます。

あるいは今も、戦時中のような、有無を言わさず「万人」を何かに引きずり込む社会であってほしい、と思う人々が、それだけ多いということなのかもしれません。みなが平等で同じ目的を持っていると錯覚させてくれるなら何でも良い、と考える人ほど、自分たちの視野の狭さを喜び、むしろ誇りにすら思うものです。

ただ私は、「誰もが、知るべきことを全て知っているはず」という前提も、無知を咎めることも、ささいなことでペナルティーを科すことも、「全員の視野が狭い方が良い」とする態度も、良くないと考えます。

理由は、低いレベルでの競争が根づき、脱落者作りが推奨されるようになるからです。人々の生活が、ささいなことでペナルティーを受けて脱落するゲームと化すのであれば、誰もが平等に恐怖を抱くよう、安心感そのものを排除する社会が生まれるでしょう。安心できるのは、自分以外の誰かがペナルティーを受けている間だけになります。

そうして次々に脱落者が出て、参加者が減っていけば、全体としては発展性に欠け、競争はますます単純で意味のないものになるでしょう。にもかかわらず、椅子取りゲームで椅子がどんどんなくなっていくように、熾烈《しれつ》さだけが増していきます。

こうなると、やがて誰もが多くの面で考えることをやめ、弱い相手に自動的に噛みつくゾンビの生き方に慣れきってしまうに違いありません。

そのような社会で生きるなんて、本当に嫌だなあ、とつくづく思います。

では、どうしたら、ゾンビにならずに済むのでしょうか？

今のところの私の答えは、「無知の知」を認め、心を開くことだけです。

私一人では、「知るべきことを全て知る」ことなどできません。誰かが、私の知らない何かを知ってくれているから、生きられるのです。また、遠い過去から現在にかけて、無数の人々の貴重な経験が積み重なってくれるからこそ、今の社会があります。矛盾する価値観がいくつも同時に存在することを認めることでしか、人は自由になれません。

無知を咎め、ペナルティーを与えるべき誰かを捜して回るのは、全体のレベルを低下させる負の競争と言えます。誰かから安心を奪うことで、満足と達成感を得られるという勘違いほど、社会を生きにくい場所にしてしまうものはありません。

インターネットを介して瞬時にあらゆる知識を得ることができる今だからこそ、人は決して全知にはなれないことを、大人も子どもも、学び直す必要があるのではないでしょうか。

と、私がこのように書くことができるのも、今回この『サタデーエッセー』の原稿を、二〇一四年から遡って改稿してきたおかげです。

七年以上にわたり、なんとなく感じたり思いついたりしたことを見直すことで、おのずと、自分が最も信じることができる、単純で自然な態度を再発見できたのです。

これも、個人でできることではありません。「自分にとって最も自然な態度」ですら、得ようと思ってもなかなか得られないのが人間です。本書の改稿を通して、ご意見やご指摘を頂くことで、やっと得ることが叶《かな》いました。いくら感謝しても足りません。

他方で、二〇一四年に比べ、今では多くのものごとが進み、そして変容したことを実感します。

どんな個人も自由に意見を主張できるはずだったソーシャルネットワークには、フェイクとプロパガンダと差別が、怒濤《どとう》のように押し寄せています。

ＡＩが本格的に社会で活用されるようになるや、さっそく、権利を巡る訴訟がほうぼうで起こったり、プログラミングを担う人々の差別意識がシステムに反映されてしまったり、ＡＩが誤った知識をもっともらしく示してしまうハルシネーションと呼ばれる問題を次々に抱えるようになりました。

かと思えば、深刻なはずの社会問題の多くが、今も棚上げにされたまま解決のときを待っていますし、かえって解決から遠のいてしまったものも散見されます。

どうやら、テクノロジーが人と社会をいっぺんに革新し、誰にとっても住みよい世界にしてくれる、というフィクションも、そろそろ終わりを迎える頃合いのようです。

これからも私たちは、社会を変えてしまうような、革新的な何かや、未知の災いに遭遇することでしょう。そしてそのつど、争い、不理解を押しつけ合い、独りよがりに振る舞うのが人間なら、協調し、理解を示し合い、自分以外の誰かのために力を尽くすのも人間なのだと思います。

今後も、一筋縄ではいかず、容易に一枚岩にはならず、一辺倒にもなるようでならない、あまりに多様な人間のあり方を知ることで、こつこつと何かを思いつく日々を送り続けたいと思う次第です。

最後に、過去の収録時に文字起こしをして下さったWさん、また編集に尽力してくださったSさん、そして素晴らしいカバーを制作して下さったホイップシュガーさん、デザイナーの高橋健二さんに、深く御礼を申し上げます。

また、『サタデーエッセー』で私の拙い話をお聴き下さった方々、本書を手に取って下さった皆様に、感謝いたしますとともに、自由な思いつきや、ちょっとした気づきを、心から楽しむ一助になれましたら幸甚です。

二〇二三年九月

冲方丁／拝

本書は、ＮＨＫラジオ第１『マイあさ！』内「サタデーエッセー」のコーナーの内容を元に、集英社文庫のために書き下ろされた作品です。

ＮＨＫラジオ第１『マイあさ！』「サタデーエッセー」
初回放送日：２０１４年６月７日～２０２２年11月19日

本文デザイン／高橋健二（テラエンジン）

冲方丁の本

もらい泣き

一族皆に恐れられていた厳格な祖母が亡くなった。遺品の金庫の驚くべき中身とは……？（「金庫と花丸」）など、冲方丁が実話を元に創作した、三十三話の「泣ける」ショートストーリー集。

冲方丁の本

アクティベイター

羽田空港に突如、中国のステルス爆撃機が飛来した。女性パイロットは告げる。「積んでいるのは核兵器だ」と。これはテロか、宣戦布告か――。展開予測不能の国際サスペンス!

集英社文芸単行本

集英社文庫　目録（日本文学）

植松三十里	大奥延命院醜聞 美僧の寺
植松三十里	大奥秘聞 綱吉おとし胤《だね》
植松三十里	リタとマッサン
植松三十里	家康の母お大
植松三十里	ひとり白虎 会津から長州へ
植松三十里	会津の義 幕末の藩主松平容保
植松三十里	レイモンさん 函館ソーセージマイスター
植松三十里	慶喜の本心 徳川最後の将軍
植松三十里	家康を愛した女たち
内田康夫	浅見光彦豪華客船「飛鳥」の名推理
内田康夫	軽井沢殺人事件
内田康夫	北国《ほっこく》街道殺人事件
内田康夫	浅見光彦 四つの事件 名探偵と巡る旅
内田康夫	名探偵浅見光彦のニッポン不思議《ミステリアス》紀行
内田洋子	カテリーナの旅支度 イタリア 二十の追想
内田洋子	どうしようもないのに、好き イタリア15の恋愛物語
内田洋子	イタリアのしっぽ
内田洋子	対岸のヴェネツィア
内山純	みちびきの変奏曲
宇野千代	生きていく願望
宇野千代	普段着の生きて行く私
宇野千代	行動することが生きることである
宇野千代	恋愛作法
宇野千代	私の作ったお惣菜
宇野千代	私の幸福論
宇野千代	幸福は幸福を呼ぶ
宇野千代	私の長生き料理
宇野千代	私何だか死なないような気がするんですよ
宇野千代	薄墨の桜
冲方丁	もらい泣き
冲方丁	サタデーエッセー 冲方丁の読むラジオ
海猫沢めろん	ニコニコ時給800円
梅原猛	神々の流《る》竄《ざん》
梅原猛	飛鳥とは何か
梅原猛	日常の思想
梅原猛	聖徳太子1・2・3・4
梅原猛	日本の深層 縄文・蝦夷文化を探る
宇山佳佑	ガールズ・ステップ
宇山佳佑	桜のような僕の恋人
宇山佳佑	今夜、ロマンス劇場で
宇山佳佑	この恋は世界でいちばん美しい雨
宇山佳佑	恋に焦がれたブルー
江川晴	企業病棟
江國香織	都の子
江國香織	なつのひかり
江國香織	いくつもの週末
江國香織	薔薇《ばら》の木 枇杷《びわ》の木 檸檬《れもん》の木
江國香織	ホテル カクタス

集英社文庫　目録（日本文学）

江國香織　モンテロッソのピンクの壁
江國香織　泳ぐのに、安全でも適切でもありません
江國香織　とるにたらないものもの
江國香織　日のあたる白い壁
江國香織　すきまのおともだちたち
江國香織　左岸（上）（下）
江國香織　抱擁、あるいはライスには塩を（上）（下）
江國香織・訳　パールストリートのクレイジー女たち
江國香織　彼女たちの場合は（上）（下）
江角マキコ　もう迷わない生活
江戸川乱歩　明智小五郎事件簿Ⅰ～Ⅻ
江戸川乱歩　明智小五郎事件簿　戦後編　Ⅰ～Ⅳ
NHKスペシャル取材班　激走！日本アルプス大縦断　密着トランスジャパンアルプスレース　富山～静岡415km
江原啓之　子どもが危ない！　スピリチュアル・カウンセラーからの警鐘
江原啓之　いのちが危ない！　スピリチュアル・カウンセラーからの提言
M　L change the WorLd

ロバート・D・エルドリッヂ　トモダチ作戦　気仙沼大島と米軍海兵隊の奇跡の〝絆〟
遠藤彩見　みんなで一人旅
遠藤周作　勇気ある言葉
遠藤周作　父　親
遠藤周作　ぐうたら社会学
遠藤周作　愛情セミナー
遠藤周作　ほんとうの私を求めて
遠藤武文　デッド・リミット
逢坂剛　裏切りの日日
逢坂剛　空白の研究
逢坂剛　情状鑑定人
逢坂剛　よみがえる百舌《もず》
逢坂剛　しのびよる月
逢坂剛　水中眼鏡《ゴーグル》の女
逢坂剛　さまよえる脳髄
逢坂剛　配達される女

逢坂剛　鵟《のすり》の巣
逢坂剛　恩はあだで返せ
逢坂剛　おれたちの街
逢坂剛　百舌《もず》の叫ぶ夜
逢坂剛　幻の翼
逢坂剛　砕かれた鍵
逢坂剛　相棒に気をつけろ
逢坂剛　相棒に手を出すな
逢坂剛　大迷走
逢坂剛　墓標なき街
逢坂剛　地獄への近道
逢坂剛他　棋翁戦てんまつ記
逢坂剛　百舌《もず》落とし（上）（下）
大江健三郎・選　何とも知れない未来に
大江健三郎　「話して考える《シンク・トーク》」と「書いて考える《シンク・ライト》」
大江健三郎　読む人間

集英社文庫　目録（日本文学）

集英社文庫

サタデーエッセー　冲方丁《うぶかたとう》の読《よ》むラジオ

2023年10月25日　第1刷　　定価はカバーに表示してあります。

著　者　冲方《うぶかた》　丁《とう》

発行者　樋口尚也

発行所　株式会社　集英社
東京都千代田区一ツ橋2-5-10　〒101-8050
電話　【編集部】03-3230-6095
【読者係】03-3230-6080
【販売部】03-3230-6393（書店専用）

印　刷　株式会社広済堂ネクスト

製　本　株式会社広済堂ネクスト

フォーマットデザイン　アリヤマデザインストア　　マークデザイン　居山浩二

ISBN978-4-08-744578-7 C0195